文春文庫

妖異幻怪

陰陽師・安倍晴明トリビュート

夢枕獏　蟬谷めぐ実　谷津矢車
上田早夕里　武川佑

JN049546

文藝春秋

目次

妖異幻怪

陰陽師・安倍晴明トリビュート

初出

『むしめづる姫』　夢枕獏（「オール讀物」二〇〇一年六月号）
『耳穴の虫』　蝉谷めぐ実（「オール讀物」二〇二二年八月号）
『博雅、鳥辺野で葉二を奏でること』　谷津矢車（「オール讀物」二〇二二年八月号）
『井戸と、一つ火』　上田早夕里（「オール讀物」二〇一九年二月号）
『遠輪廻』　武川佑（「オール讀物」二〇二二年八月号）
『哪吒太子』　夢枕獏（「オール讀物」二〇二二年九・十月合併号）

「むしめづる姫」は二〇〇五年刊の文庫『陰陽師 龍笛ノ巻』から、
「井戸と、一つ火」は二〇二一年刊の単行本『播磨国妖綺譚』からの転載です。

デザイン　野中深雪
ＤＴＰ　エヴリ・シンク

夢枕獏

むしめづる姫

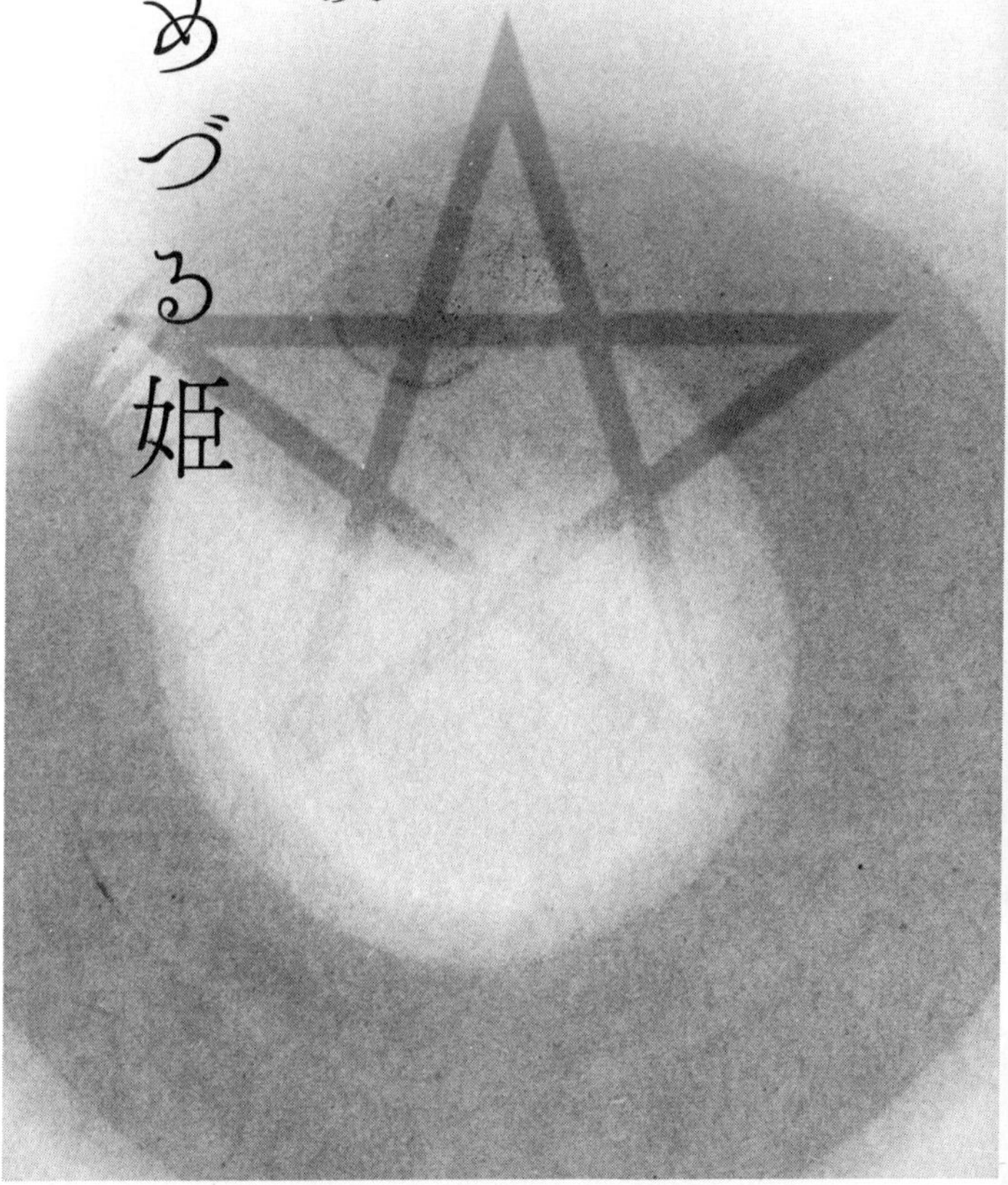

夢枕獏（ゆめまくら・ばく）

一九五一年、神奈川県生まれ。一九七七年、「奇想天外」誌に「カエルの死」が掲載されデビュー。『上弦の月を喰べる獅子』で、一九八九年に第10回日本SF大賞を受賞。『神々の山嶺』で、一九九八年に第11回柴田錬三郎賞を受賞。『大江戸釣客伝』で、二〇一一年に第39回泉鏡花文学賞、第5回舟橋聖一文学賞、翌年に第46回吉川英治文学賞を受賞。二〇一七年に第65回菊池寛賞を受賞。圧倒的な人気を博する「陰陽師」「魔獣狩り」「餓狼伝」の各シリーズなど、著書多数。

一

夜気の中に、甘い香りが漂っている。

藤の花の匂いである。

庭の奥に、藤の花が咲いているのである。

松の老木に、藤の蔓《つる》が巻きついて、子供ならひと抱えもありそうな重い房が、幾つも下がっている。

白い藤と、紫の藤であった。

ふた色の藤は、闇の中で青い月光を浴び、濡れたようにしんしんと淡い光を放っている。いったん房に染み込んだ月光が、発酵《はっこう》し、甘やかな匂いとなって、大気の中に滲《にじ》み出てきているようであった。

「まるで、月の光が匂うようだなあ、晴明《せいめい》よ――」

源博雅《みなもとのひろまさ》は、心の中に浮かんだ想いをそのまま口にした。

晴明の屋敷の簀子《すのこ》の上。

博雅は、晴明と向かいあって、酒を飲んでいる。

晴明が纏《まと》っているのは、涼しげな白い狩衣《かりぎぬ》である。

晴明は、紅い唇に、いつまでも含んだ酒の香《か》がそこに残っているような笑みを浮かべている。

闇の中に、蛍がひとつ、ふたつ。

蛍の火が、すうっと宙を動いて消え、動いた方向を眼で追うと、その視線からそれた別の場所に、ふっとまた蛍の灯《ひ》が点る。

唐単衣《からごろも》を着たふたりの女が、晴明と博雅の横に座して、ふたりの杯が空になると、無言で酒を注ぐ。

蜜虫《みつむし》。

蜜夜《みつよ》。

晴明は、このふたりの式神を、そういう名前で呼んでいる。

晴明と博雅が使用しているのは、胡の国から渡ってきた、瑠璃《るり》の杯であった。

酒が満たされたその杯を指先に持って、軒より向こうに差し出せば、月光を受けて、新緑の木の葉を、下から透かし見るような色あいで光る。と言っても月明りであるので、深い青みがかった色になる。

「瑠璃というのは、こうしてみると、月の光を捕える檻《おり》のようなものなのだなあ——」

博雅は、杯をかざしながら言った。

博雅の顔が、ほんのりと赤い。

ほろほろと飲み、ほろほろと酔っている。

晴明は、片膝を立て、心地よい音楽を聴くように、博雅の声に耳を傾けている。

「いや、檻ではないな。自らの中に光を宿して棲まわせることから言えば、入れもの、いや、家のようなものか——」

博雅は、自問自答している。

「ところで博雅——」

晴明が、博雅に声をかけ、酒を口に含んだ。

「——そのことだがな」

晴明が、杯を簀子の上に置いた。

それに、蜜虫が酒を注ぐ。

「何のことだ?」

「捕えて、入れることとさ」

「捕えて入れる?」

「うむ」

「わからん、どういうことなのだ」

「橘実之殿《たちばなのさねゆき》の娘のことは知っているか」

「それは、四条大路にお住まいのあの露子《つゆこ》姫のことか」

「そうだ」

「ならば、知っている」

「会ったことは？」

「ない」

「しかし、噂は耳にしていよう」

「ああ」

「むしを飼《か》うておられるそうな」

「らしいな。色々なむしを、童子《わらわ》たちに捕えさせては、それを特別に作らせた籠に入れて飼っているらしい」

「おもしろそうなお方だ」

「おもしろそうとは？」

「眉も抜かず、歯も染めず、男がいても平気で御簾《みす》をあげて、お顔をお出しになるらしい」

「そうだな。宮中の噂好きの人間たちの中には、露子姫のことを、むし姫などと呼ぶ者がいるよ」

「なるほど、むし姫か――」

晴明はうなずき、酒の満たされた杯を手に取って、それを口に運んだ。

「ああ、その姫だが、こんなことも言っていたことがあるらしい――」

博雅が、杯を手にしながら言った。

「どんなことだ」

「鬼と女とは人に見えぬぞよき……」

「ほう」

晴明が感心したような声をあげた。

「珍らしいな晴明、おまえがそういう顔をするとは」

「なかなか、頭のよいお方のようだ」

「それで、橘実之殿も、頭を痛めているらしい」

「何故だ」

「色々と作法や書を教えて、宮中に出入りもできるようにとお考えのようなのだが、姫にはその気がないらしい」

「ふむ」

「窮屈なところはいやだと言っているらしいな」

「宮中が、窮屈か――」

「うむ」

「その通りではないか」

晴明が微笑した。

二

橘実之の娘――露子姫は、幼い頃から、普通の子供とは違っていた。

いや、それは宮中に仕えるような人物を親に持つ子供としてはという意味である。露子の場合は、むしろ、子供としてはあたりまえの子供であったと考えるべきであろう。

露子が特別であったのは、成長してからも、そういう子供としてはあたりまえのものを持ち続けていたところである。

ものを見るのが、好きであった。

ものに触れるのが、好きであった。

木や石や花や水や雲や空――そういうものをいつまでも不思議そうな眼で眺めることが好きであった。

雨が降れば、簀子の上から、庭の水溜りに、天から落ちてくる雨滴が輪を作るのを、一日中でも眺めていた。

外で、珍らしい草や花を見つけては、屋敷に持ち帰り、庭に植えた。

初めて見る草や鳥や虫は、必ずその名前を訊ねた。

「あれはなあに」

その問いに答が得られなければ、人をやってその名を調べさせた。それでもわからない時は、自分でその草や鳥や虫たちに名前をつけた。

絵師を呼び、草や花や鳥や虫たちの絵を描かせ、それにその名を書いた。

長じてからは、自ら絵筆を握り、初めて見る生き物たちを描き、名を付けるようになった。

露子が、強い興味を持ったのは、烏毛虫《かわむし》である。

烏毛虫——つまり、毛虫のことである。

これを捕えてきては、籠箱《こばこ》に入れ、飼った。

初めは、よく烏毛虫を死なせたが、どの烏毛虫がどういう植物の葉を喰べるのかがわかってくると、めったに烏毛虫は死なぬようになった。

籠箱は、底が板になっており、それに四角い木の枠をのせ周囲四面と上面に、紗《しゃ》か絽《ろ》を張ったものである。

その中に烏毛虫を入れ、喰べる草や葉を入れてやれば、紗や絽を透かして烏毛虫が草や葉を喰《は》む様を見ることができた。

時には、籠箱を開けて、中から烏毛虫を取り出し、それを自らの手の上に乗せて、飽《あ》かずに眺めていたりする。

姫に仕えている女房たちには、その様子が気味悪くてたまらない。

「烏毛虫のどこが、そんなに楽しいのですか？」

女房のひとりが問うと、

「あら、おもしろいからおもしろいのよ」

露子姫はこのように答える。

「今は、どこにも翼がないのに、ここから羽根が生え、空を飛ぶようになるのよ。そこが不思議なの。不思議だからおもしろいのよ。いったい何が、どういう御業《みわざ》が働いて、これがそんな風になるのか、そんなことを考えていたら、一日中だって飽きないわ」

「しかし、それは、まだ蝶ではありません。二枚の羽根も生えぬ烏毛虫では、ただ気味悪いだけではありませんか」

「あら、蝶の羽根は二枚ではなく、四枚だというのをあなたは知らないの。蝶だからおもしろいのじゃないわ。それと同じに、烏毛虫だからおもしろいのでもないの。この烏毛虫が、蝶になってゆくというのが、おもしろいのよ」

そう言っても、女房たちにはわからない。

「人々の、花、蝶やと愛《め》づるこそ、はかなくあやしけれ。人は、まことあり、本地《ほんぢ》たづねたるこそ、心ばへをかしけれ」

世の中の人々が、花だとか蝶だとか、外見だけに捕われて価値を決めようとすることの方がおかしいのであり、真実《まこと》を見極めようとする心をもって、ものの本質を追求することこそがおもしろいのであると、現代で言えば科学者か学者が口にするが如きことを露子姫は言った。

「烏毛虫の、心深きさましたるこそ心にくけれ」

眺めていると、烏毛虫と言えど、どこか思慮深そうに見える——そこがまた奥ゆかしいのであると、姫は言うのである。

集めるのは、烏毛虫だけではない。

犬や猫や鳥も飼うし、蛇《ながむし》や蟇《ひき》も飼う。

女房たちはいやがるので、もの怖じしない男《お》の童《わらわ》たちをいつの間にか身近に集め、その童子たちを使って、蟷螂《いぼじり》や蝸牛《かたつぶり》などを捕えさせている。

新しいものが見つかれば、自らそれに名を付ける。

むしだけではなく、姫はこの童子たちにも自分で名を付けた。

けら男《お》。

ひき麿《まろ》。

いなご麿《まろ》。

雨彦《あめひこ》。

「けら男や、おまえの捕ってきた蟷螂は、この前のものとは、少し違っているようだわ」

「ひき麿、あなたの見つけてきた蝸牛の渦は、普通のものとは逆巻きよ」

「いなご麿、おまえの見つけてきた烏毛虫は、かぶと虫だったのね」

「雨彦、おまえが川で見つけてきた虫は、水ぶんぶんと名前を付けたわ」

珍らしいものを見つけてくると、こう言って、彼らの欲しがるような品を与えるので、常に、露子姫の屋敷には、むしたちがいっぱいであった。

時おりは、一人を使って上手に外へ抜け出してしまうこともあるが、それでも、姫であるので、ただ独りで自由気儘に外に出ることができるわけではない。

だから、童子たちがむしを捕えてくるたびに、それはどこのどういう場所に、どういうふうにしていたのか、どう捕えたのかを聴いては、それを紙に書き記した。

十八歳になるが、常の女のようにお歯黒をしなかった。

だから、笑うと白い歯が赤い唇からこぼれ出る。

眉も抜かなかった。

だから、眉を描くこともなく、自前の毛の生えた眉をしていた。

化粧もしない。

明け暮れに、額髪《ひたいがみ》を、手で梳《す》いて、耳挟《はさ》みにする。

世の常の姫のするようなことはほとんどしなかった。したのは、書を読むこと、書を書くこと、楽器を嗜《たしな》むこと——それくらいである。

それも、書だけは人以上に読んだので、『白氏文集』や、『万葉集』などは諳《そら》んじている。

父の橘実之が、小言を言っても、聴く様子はない。

「露子や、そういつも、身のまわりをむしでいっぱいにしていては、音聞《おとぎ》きがあやしいというものだよ。おまえが、烏毛虫を好きだというのはいいが、世間の人たちというのは、やはり美しい蝶の方が好きなのだ。そこのところを、もう少しわかってはくれないかね」

「世間の噂なんて気にしていたら、何もできないわ。わたしは、この万物《よろずのもの》の現象《ことども》を探究《たずね》て、この道を極めてゆくことの方が、世間のことを気にしているより、ずっと楽しいわ」

「だが、烏毛虫は、気持ち悪くはないのかい」

「そんなことはないわ。お父様がお召しになっている絹の衣《きぬ》だって、こういう烏毛虫が吐き出した糸から作るのよ。繭《まゆ》から孵《かえ》って、羽根の生えたとたんに、蚕《かいこ》は死んでしまうのよ。こんなに愛しいことってないじゃないの」

「しかし、おまえ、その眉や歯はなんとかならないのかい。もう宮中に上れとは言わないが、もう少し人並みのことをしてくれないと、誰もおまえのことを振り向いてはくれないよ。どこぞによいお男《かた》がいても、おまえがそんなでは、まとまる話もまとまらないじゃないか――」

「お父様、わたしのことを心配してくださるのは嬉しいけれど、わたしはわたしよ。このままのわたしでいいと言って下さる方がいないのなら、話なんかまとまらなくてもいいわ」

「そうは言ってもなあ。おまえはまだ、世間というものを知らないから、そんなことを言っていられるのだよ。お願いだから露子や、少しはわたしの言うことも聴いておくれ。おまえは、器量は人並み以上なのだから、もう少しそこのところをなんとかしてくれれば、よいお男《かた》も現われてくれると思うのだがねえ――」

実之が言っても、露子姫は虫を飼うのをやめなかった。眉を抜くことも、歯を黒く染めることもしなかった。

「いいのよ、このままで――」

露子姫はそうつぶやき、

「鬼と女とは、人に見えぬぞよき」

そう言って微笑したというのである。

三

「なるほど、鬼と女とは人に見えぬぞよき——か」

晴明は、杯を口に運びながら言った。

「しかし、晴明よ」

博雅が、晴明に声をかける。

「なんだ博雅」

「その人に見えぬがよいということなのだが——」

「どうした?」

「女が人に見えぬがよいというのはわかる」

「うむ」

「美しいお方が、わざわざ御簾《みす》や几帳《きちょう》の陰にそのお姿を隠しているというのは、それでなかなか奥ゆかしい。また、見えぬからこそ、文や歌やそのお声から、あれこれとそのお姿を想像し心の裡《うち》の想いもつのろうというものだ」

「うむ」

「だが、どうして鬼なのだ」

「――」

「鬼もまた人に見えぬがいいということは、鬼とは出会わぬ方がよいという、ただそれだけのことを言っているわけではないのだろう」

「まあ、そうだろうな」

「では、いったいどういうことなのであるかという、そのあたりのことが、おれにはこひとつわからないのだ」

「――」

「どうなのだ。そのあたりのことを、おれに教えてくれぬか、晴明」

「それは、まあ、呪《しゅ》ということだな」

「また、呪か」

「気にいらぬか」

「ああ。おまえが呪の話をすると、何やら急に話がややこしくなるではないか」

「別に、ややこしいことはない」

「いいや、ある」

「困ったな」

「困ることはない。呪のたとえを使わずに、おれに教えてくれ」

「博雅よ。おれは別に呪をたとえとして使おうというわけではない。呪は呪だ」

「とにかく、呪ではないことで、おれにそれを教えてくれ」

「わかった」

晴明は、苦笑しながらうなずいた。

「では、頼む」

「つまりだ、博雅」

「う、うむ」

「鬼というものは、どこに棲む?」

「棲むだと?」

「そうだ」

「そ、それは――」

博雅は言いよどみ、それから急に、何事か想いついたように言った。

「――それは、人だ」

「人?」

「人の心さ。鬼は、人の心の中に潜み、棲むのであろうが」

「その通りさ、博雅」

「う、うむ」

博雅がうなずく。

「誰でも、人はその心の中に鬼を棲まわせている」

「うむ」

「だからこそ、人は、人を大事にするのさ」

「――」

「その鬼が自分の心の中から顔を出さぬよう、人は自分を大事にする。鬼を出さぬかわりに、人は笛を吹き、絵も描き、仏に祈る」

「――」

「鬼が、人の心の中から顔を出さぬよう、自分と同様に人のことも大事にしようとする」

「う、うむ」

「鬼は、人の心の中にいる。しかし、その鬼が見えぬからこそ、人は人を恐れ、人を敬いもし、お慕い申しあげたりするのさ。この鬼が、本当に見えてしまったら、人の世は味けなかろう」

「それはつまり、晴明よ、人の心がわかってしまったら味けないということなのだろう」

「そうだ。わからぬからこそ、おもしろい」

「そういうことか」

「うむ」

「やはり、呪などを持ち出されなくてよかった」

「そんなことはない。呪で話せば、もっと話は速い」

「いや、呪は勘弁してくれ。今のでおれは充分だよ晴明――」

「そうか」

「しかし、晴明よ」

「なんだ」

「それでも、人は鬼になることがあるのだろう?」

「あたりまえではないか」

「あたりまえか」

「人だからな」

ぽつりとつぶやいて、晴明は、また酒を口に含んだ。

「なるほどなあ、おまえが、露子姫のことを頭がよいと言ったわけがわかったよ」

博雅は晴明を見やり、

「ところで、晴明、どういうことなのだ」

そう言った。

「何のことだ」

「だから、露子姫のことを知っているかとおれに訊いたことだ。露子姫のことで、何かあったのか」

「あった」

晴明は、うなずき、杯を簀子の上に置いた。

「実は、今日の昼、橘実之殿が、この屋敷までおいでになられたのだ――」

四

供の者わずかにひとりという人数で、橘実之はやってきた。

門をくぐって牛車《ぎっしゃ》を停め、あたりをはばかるように、牛車から降りて、晴明に案内を請《こ》うたのである。

実之の官位は従三位《じゅさんみ》であり、身分は晴明より上である。本来であれば、わざわざ自ら晴明の屋敷まで出向くようなことはしない。

お忍びであった。

晴明と向き合ってから、

「困ったことになった」

実之はすぐにそう切り出した。

「何でしょう」

晴明が落ち着いた声で問えば、

「実は、娘のことなのだ」

実之は、溜め息と共に言った。

「晴明、おまえの耳にも届いていよう。露子のことは――」

「虫がお好きだとか」

「そのことよ」

「虫のことで、何かございましたか」

「あった……」

そうつぶやいてから、実之は、気味悪いものでも見たように首をすくめた。

「それも、なかなか怖ろしいことになっていてな。しばらくは我慢していたのだが、ついに耐えられずに、おまえに相談に来たというわけなのだ」

「承りましょう」

「実は、烏毛虫《かわむし》のことなのじゃ――」

そう言って、実之は語り出した。

五

露子が、その奇妙な烏毛虫を飼い出したのは、ちょうど、ひと月ほど前からであったという。

真っ黒な、毛の無い烏毛虫である。

大人の親指ほどの大きさで、身体に、毒々しい赤い斑点《はんてん》がある。

見つけてきたのは、けら男であった。

神泉苑でむしを捜していたところ、ちょうど、眼の高さにあった若葉の出た桜の小枝にこの烏毛虫がいたのだという。

烏毛虫は、桜の若葉を喰んでいた。

普通、桜につく烏毛虫には、毛が生えている。しかし、その烏毛虫には、毛がなかった。それだけでも珍らしいし、その姿も色も、けら男がこれまで見たことのないものであった。

さっそく、枝ごと折ってその烏毛虫を持ち帰った。

「まあ、本当に珍らしい烏毛虫ね」

露子は、悦びと驚きの混じった声をあげた。

露子も初めて見るものであり、もちろん名など知るわけもない。

「どうせ、訊いても誰もわからないでしょうから、わたしが名を付けましょう」

露子が、その烏毛虫に名を付けた。

「そうね、身体が黒くて、丸い点々があるのだから、黒丸《くろまる》にしましょう。黒丸がいいわ」

　こうして、その烏毛虫は、黒丸と呼ばれるようになった。

「黒丸は、どんなてふてふになるのかしら。羽根の大きな揚羽《あげは》かしら。それともその身体のように黒い羽根の蛾《が》になるのかしら。でも、もとの色が黒いからって、黒い羽根のものになるとは限らないわね。楽しみだわ」

　紗を張った籠箱に黒丸を入れていた。

　中に葉の付いた桜の枝を入れてやると、黒丸は、さりさりと音をたて、その葉を喰べた。

　奇妙なことに気づいたのは、二日後の朝であった。

　籠箱の中を見ると、昨夜入れておいた桜の葉が全てきれいに失くなっていて、ふたまわり以上も大きくなった黒丸が、そこにいたのである。黒丸の大きさは、親指二本を合わせたよりも太く、長くなっていたのである。

「よく喰べるのね」

　また、たくさんの桜の葉を与えたが、すぐにそれを喰べ尽くしてしまう。

　三日目の朝には、さらに大きくなり、前の晩にぎっしりと入れておいた桜の葉がやはり失くなっていた。

「あら、黒丸や、あなたはいったいどういう烏毛虫なの」

　さらにたくさんの葉を与えたが、それもあっという間に黒丸は喰べてしまう。

五日目には、芋《いも》ほどの大きさになり、もうその籠箱には入らなくなった。
さらに大きな籠箱をあつらえて、黒丸を入れたのだが、それもすぐに窮屈になった。
桜の葉を入れても入れても、すぐにそれを喰べ尽くしてしまう。葉が失くなると、
ちい、
ちい、
と声をあげて鳴くようになった。
烏毛虫が声をあげることが、そもそも不思議である。
試しに、庭にあった他の葉や草を与えてみると、迷うことなくそれを喰べる。
十日目の朝――
籠箱を見ると、紗が破られていて、中に黒丸がいない。
「黒丸や、黒丸や――」
どうしたことかと捜しているうちに、露子の足が、奇妙な感触のものを踏んだ。固い
ような、柔らかいような、細長いもの。
それをつまんでよく眺めてみれば、なんとそれは鼠の尻尾であった。
声をあげて、露子はそれを庭へ投げ捨てた。
その庭の草の陰で、何やら動くものがあった。
庭へ降りて、それを見ると、それは猫ほどの大きさになった黒丸である。

「黒丸⁉」

黒丸は、その草の陰で、鼠を喰べていたのである。

しかし、どうして、烏毛虫の黒丸が、鼠のように速く動くものを捕えることができたのか。

その理由はやがてわかった。

鼠を喰べ終えた黒丸が動き出したのである。

大きくなっているため、這う速度は速くなっているが、しかし、鼠を追って捕えられるような速さではない。

黒丸が後にした場所には、頭だけとなった鼠の屍骸《しがい》が転がっていた。

動いてゆく黒丸を、露子が追ってゆくと、急に黒丸はそこで動くのをやめ、背を丸めるようにして縮んだ。

それを両手で捕えようとした時、ふいに、黒丸が跳んだ。

地面から跳ねて、驚くほどの速さで宙を飛び、向こうの松の幹にへばりついたのである。

「あれ」

一緒にいた女房たちは、声をあげて後ろに退《さ》がった。

もし、近づいていって、いきなり黒丸に跳びかかられでもしたら。

そう思ったら腰が退《ひ》けてしまうのは当然である。

近づいていったのは露子だけであった。

「なんて子なの、黒丸は——」

よじよじと松の幹を登ってゆく黒丸に両手を伸ばした時は、女房たちが悲鳴のような声をあげた。

しかし、露子は平然と、黒丸を両手に抱えて松の幹からひきはがした。

「まあ、なんてことをなさるのですか」

「もし、鼠のように喰べられてしまったらどうするのです」

「早くそれを捨ててしまいなさい」

露子の手に摑《つか》まれて、ぐねぐねと動く薄気味悪いものを見やりながら、女房たちはさかんに同じことを言った。

「あら、この大きさの猫だって、鼠は喰べるわよ。でも、猫は人を喰べたりはしないわ——」

ちい、
ちい、
と露子の手の中で、黒丸は鳴いた。

新しく、木で檻《おり》を作って、その中に黒丸を入れたが、また、黒丸は逃げ出してしまった。

なんと、檻に使用していた木の材を齧《かじ》り、そこを破ってしまったのである。

見つかったおり、犬ほどの大きさになった黒丸は、庭で青大将を喰べていた。

さすがに、この時はもう、女房たちはこの黒丸に近づこうとしなかった。

「殺してしまいなさい」

「こんな烏毛虫は見たことがありません」

「これはきっと、この世のものではなく魔性のものです」

口々に女房たちは言ったのだが、

「何を言うの。見たことがないから、飼おうとしているんじゃないの」

露子はとりあわない。

これが、とうとう父の実之の耳にも届いてしまった。

「烏毛虫が、鼠や蛇《ながむし》を喰べるなぞ聞いたことがない。やはりこれは魔性のものだ。露子や、黒丸を殺すか捨てるかしてしまったらどうかね」

しかし、露子の決心は堅かった。

「殺すなんて、とんでもありません。これからいったい何が孵るか見るまでは、捨てることもいたしません。だいたい、これが魔性のものだなどと、どうしてわかるのですか
――」

「どうしてって、それはもう、魔性のものに決まっているよ」

「だから、どうしてそれがお父様にわかるのです」

「わたしにはわかるのだ」

「たとえ、魔性のものでも、わたしはこれが孵るところを見たいわ」

埒《らち》があかない。

とうとう困り果てて、実之は晴明の許《もと》にやってきたというわけなのであった。

六

「ほとほと弱っておるのだ、晴明」

実之は、晴明に言った。

「で、今、その黒丸はどれほどの大きさになっているのでしょう」

「うむ。あれからもう十日余りも過ぎておってな。三日前、見に行ったらば子牛ほどの大きさになっておった」

「子牛ほどですか」

「さすがに、檻を作るわけにもゆかず、牛を置いておく牛舎にさらに囲いをしてな、そこに入れてある」

「露子様は、その烏毛虫――黒丸のことも絵にお描きになられていらっしゃるのですか？」

「ここに用意してある」

実之は、懐からたたんだ紙を取り出し、晴明の前でそれを広げて見せた。

手に取って見れば、なるほど、そこに黒い烏毛虫が描かれており、話の通りに朱でその身体に点々が入れてある。

つくづくとそれを眺め、

「ふむう」

晴明は声をあげた。

「何か？」

「実之様」

晴明はあらたまった口調で言った。

「この晴明に、何か隠していることはございませんか」

言われた実之は動揺した。

「い、いや。別に、隠していることなどはない」

そう言った実之を、晴明は見やった。

無言である。

「な、何かこのわしが隠していることがあるとでも言うのか」

「失礼いたしました。何かお忘れになっていることはございませんか。そのお忘れになっていることを思い出していただけませんか」

再び、晴明が実之を見やった。

何もかも、腹の中の食べたものまで覗き込もうとするような晴明の眼であった。

「せ、晴明……」

「思い出されましたか」

「お、思い出した」

耐えきれずに、実之が言った。

「それはようございました」

晴明が微笑した。

「では、思い出したことをおっしゃって下さい。このことで、どなたかの所へお出かけになられましたね」

「あ、ああ、出かけた」

「どなたの所です」

「あ、蘆屋《あしや》道満《どうまん》――」

「ほう、道満殿の所へ――」

「そうだ」

「何のために？」

「その、つまり、頼みごとをするためだ」

「どういう？」

「だから、露子のことでだ」

「それで？」

「露子の虫好きを何とかしたいと——」

「ほう」

「何かよい方法はないかと訊ねた」

「で、道満殿は何と？」

「方法はあると」

「どんな？」

「こ、蠱毒《こどく》をやればよいと」

「ほう、蠱毒を」

道満は、次のように言ったという。

まず、どのような鳥毛虫でもよいから、千匹を集めよと。

集めたら、それをこれほどの甕《かめ》に入れ、犬を殺してその血肉を甕の中に注ぎ入れよ。

その後、甕に蓋をして、その上にこれからおれが書く呪符を張る。これを地中に埋めて、十日後に掘り出せばよかろう。おそらく千のうち一匹は、犬の血肉を啜《すす》って生きていよう。

その烏毛虫を娘に捕えさせて、それを飼わせればよい。

さすれば、娘はもう二度とむしを飼いたいなどとは言わなくなるであろうよ。

「で、それをやったのですね」

晴明が訊いた。

「ああ、やった……」

その時のことを思い出したように、気味悪そうに実之は顔をしかめた。

「ただの一匹、黒い身体に赤い斑点のある烏毛虫が生き残った……」

「それが今、露子姫の飼っていらっしゃる黒丸なのですね」

「そうだ。わしはそれを、わざわざけら男に見つかるような場所に置いておいたのだ。

ああ、わしは何ということを。わしのおかげで、娘はあのむしに憑かれてしまったのだ

――」

「で、道満殿は、他に何と？」

「む、娘がむしを嫌になったら、殺すなり捨てるなりすればよいと――」

「もしも、嫌にならなかったら？」

「その時はなかなか困ったことになるであろうなあと、笑っておいでであった」

「困ったことに？」

「やがて、葉だけでなく、虫や生き物の血肉を啖《くら》うようになるであろうと――」

「そこまで言っておられましたか」

「そうなったら、どうすればよいかと、わたしは道満殿に訊ねた」

「道満殿は何と？」

「自分を訪ねてくれれば何とかしてやろうと。しかし、自分が見つからぬ時は――」

「この晴明を訪ねよと、そう申されましたか」

「晴明に話をもってゆけば、あの男が何とかするであろう――と」

「その通りじゃ」

実之は、切羽《せつぱ》つまった声で言った。

「困ったお方だ」

晴明の口元に小さく笑みが点った。

「で、晴明、なんとかなるのか」

「なんとかなりましょう」

晴明が言うと、ようやく、実之がほっとしたような表情になった。

「ありがたい。わしはもう、あれが不気味でならぬのだ。いつか、露子があれに喰われてしまうのではないかと、心配で心配で。しかも、このわしが、あれを娘に……」

実之は、声を詰まらせた。

「では、明日、この晴明が露子様のところへ参りましょう」

七

「では、晴明、明日ゆくのか」

博雅が、晴明に言った。

「いや、そうもしておれぬようになった」

晴明が答える。

「どうしたのだ」

「今夜、ゆくことになった」

「今夜？」

「そうだ。それで、おまえの来るのを、実は待っていたのさ、博雅」

「おれを？」

「一緒にゆこうと思ってな」

「一緒に？」

「めったに見ることのできぬものを、おまえに見せてやろうと思ったのさ」

「し、しかし――」

「どうした？」

「明日行くと言っていたのが、何故今夜になったのだ」

「実はな、来たのさ」

「来た？」

「ああ、それで、明日ゆくつもりが今夜になってしまったのだ」

「おい、晴明、いったい誰が来たというのだ」

「だから、露子姫御本人がさ――」

「なに⁉」

博雅の声が高くなった。

八

露子がやってきたのは、実之が帰って、しばらくしてからであった。

晴明が、庭で薬草を摘んでいる時である。

蜜虫が、晴明に来客を告げた。

「露子様と申されるお方がいらっしゃっております」

静かな口調で用件だけを口にした。

「はて――」

露子と言えば、さきほど帰っていった橘実之の娘以外に考えられない。

いったい何をしに来たのか。

晴明が考えたのは、わずかな時間であった。

「こちらへ通しなさい」

何をしに来たのかは、当人に訊ねる方が早い。

いったん姿を消した蜜虫が、ほどなくもどってきた。蜜虫の後ろに、男のような水干姿の娘が続いてきた。

その娘の後ろには、古びた小袖を着た九つばかりの童子がひとり、ついてきている。

蜜虫は、晴明の前までやってくると、

「お連れ申しあげました」

頭を下げて、脇へのいた。

晴明は、その娘と向き合うことになった。

大きな瞳が、晴明を見つめていた。

美しい娘であった。

　もしも露子とあらかじめ知らされていなければ、男のなりをしているので、一瞬、美童であるかと思ってしまっても不思議はない。

　長い髪は、頭の上に持ちあげて、烏帽子《えぼし》の中に隠してしまっている。

　眉を抜いていない。

　歯も黒く染めていなかった。

　これでは、道ゆく人が露子を見ても、男と思ってしまうであろう。

　女のように美しい男――。

　呼吸をみっつかよっつできるほど、ふたりは無言で見つめ合った。

「素敵なお庭……」

　最初に、露子の口からこぼれたのは、その言葉であった。

　白い歯が、紅も差してない唇からこぼれた。

　露子の大きな瞳が、摘んだばかりの草をつまんでいる晴明の白い指先を見た。

「車前子《しゃぜんし》を摘んでいらっしゃったのですか」

　露子は言った。

　車前子――つまりオオバコのことである。

　その草は、利尿薬として使われる。

「あちらにあるのは、茴香《ういきょう》ね。生姜《しょうが》も、芍薬《しゃくやく》もあるわ。あそこに芽が出てるのは、気の早い龍胆《りんどう》ね」

十薬《どくだみ》。

忍冬《すいかずら》。

ハシリドコロ。

次々に、露子は草の名を挙げてゆく。

いずれも薬草の名であった。

「あちらには南天。あそこには杏仁《きょうにん》。山椒《さんしょう》もあるのね。まあ、怖い、ここには附子《ぶし》がある わ」

附子——これはトリカブトのことであり、その根は猛毒である。まだ花が咲いてはいないが、芽は出ている。花を見ずに芽だけでその名を挙げられるというのは、なかなかできることではない。

「お屋敷の中に、こんな野原のようなお庭があるのね」

露子の眼は、庭からようやく晴明にもどった。

「好きよ、このお庭」

露子の眼が、晴明の眼の上で止まっている。

「露子様ですね」

「はい」

露子がうなずいた。

「晴明様でしょう？」

「ええ」

晴明がうなずく。

「先ほど、お父様がこちらにいらっしゃったでしょう」

「はい。いらっしゃいました」

「黒丸のことね」

「はい」

晴明は、うなずき、

「どうして、橘実之様がこちらにいらっしゃったことを御存じなのですか」

露子に訊ねた。

「わたしのところに来て、黒丸の絵をそっと持っていったから、どうするつもりかすぐにわかりました」

「――」

「それで、このいなご麿に後をつけさせたの」

「なるほど――」

「お父様が、晴明様に何をお願いしたかは、見当がつくわ。でも――」

「お父様が頼んだこと、聴かないでってお願いしたら、怒る?」

「怒りません」

「でも、頼まれたことをするのでしょう」

「別に、いたしませんよ」

「わたしの屋敷にはいらっしゃらないのですか」

「うかがいます」

「やっぱり来るのね」

「でも、それは、実之様が頼んでゆかれたことをするためにゆくのではありません」

「では、何のために晴明様はいらっしゃるの?」

「見るためですよ」

「見る? 黒丸を?」

「はい」

「それならば、もう駄目よ」

「何故ですか」

「黒丸は、昨夜、牛舎から逃げ出してしまったの」

「逃げた?」

「でも?」

「ええ。それで、朝見つけたら……」

「見つけたら？」

「子牛から牛ほどの大きさになっていて、お庭の松にしがみつき、口から白い糸を出して、蛹《さなぎ》になってしまったのよ――」

九

「蛹にだって？」

「ああ。だから、ゆくのが今夜になってしまったのさ」

博雅が声をあげた。

晴明は言った。

「どうしてなのだ。何故、蛹になると、今夜になってしまうのだ」

「赤蚕蠱《せきさんこ》は、蛹になった日の晩に孵ってしまうからさ」

「赤蚕蠱？」

「道満殿が、蠱毒《こどく》によってお作りになった黒丸のことだ」

「なに？」

「だから、今夜は、おまえが来るのを待っていたのさ」

「おれを？」

「そうだ。ゆくか」

「どこへだ？」

「露子姫のお屋敷へ」

「な――」

「赤蚕蠱が孵るところだぞ。めったなことで見ることができるものではない」

「――」

「酒は、もう蜜虫と蜜夜に用意させている。杯はみっつ」

「みっつだと？」

「博雅、葉双《はふたつ》は持っているか」

「葉双ならば、懐にいつも持っているが」

「ならば、出かけようではないか。そろそろよい時間だ」

晴明が立ちあがった。

「お、おい。晴明……」

博雅が、腰を浮かせて、晴明に声をかける。

「どうした、ゆかぬのか」

「い、いや」

「ゆくか」

「う、うむ」

「ゆこう」

「ゆこう」

そういうことになった。

十

晴明と博雅は、地面に赤い毛氈《もうせん》を敷いて、その上に座していた。

ふたりの前には、盆が置かれており、そこに瓶子《へいし》とみっつの杯が載っている。

ふたつの杯には酒が満たされているが、ひとつはまだ空であった。

天から、月光がふたりの上に注いでいる。

ほろほろと、ふたりは酒を飲んでいる。

ふたりの横に座して、酌《しゃく》をしているのは蜜虫と蜜夜であった。

少し離れた場所に、水干姿の露子が座している。

もう、烏帽子はかぶってはいない。

長い髪が背に垂れている。

敷かれた毛氈の少し先には、松の古木が生えていて、その太い幹の途中に、何かがくろぐろとわだかまっている。

牛ほどの大きさのもの。

黒丸——赤蚕蠱の蛹であった。

「なあ、晴明よ——」

博雅は、黒丸の蛹を見あげながら言った。

「——あれが、本当に孵るのかなあ」

「孵るさ」

晴明が言った。

「もうじきだ」

「しかし、孵って、危ないことはないのか——」

「さて、そこのところが、よくわからぬ」

「わからぬ？　何故だ」

「それは、まあ——」

晴明は、露子を見やり、

「露子様次第ということであろうよ」

そう言った。

「わたし次第？」

「どういうことなのだ、晴明――」

「あの道満殿がやった蠱毒の法で作られたものだぞ」

「――」

「生まれてくるのは、式《しき》だ」

「式神か」

「いや、正確にはまだ、式神ではない。しかし、あれを飼っていたお方の心が、生まれてくるものを決めるのだ」

「なんだって？」

「露子姫が、どなたかを殺してやろうと恨んでいれば、赤蚕蠱は生まれた途端にその方のところまで行って、祟りをなすことになるであろうな」

「ならばかなり、怖ろしそうなものなのではないのか、晴明――」

「だから、それは、露子姫の御心次第であると言っているではないか」

晴明が、そこまで言った時、闇の中から、くつくつと何かが煮えるような嗤《わら》い声が響いてきた。

「おいでになられたか」

晴明が顔をあげた。

横手の築地塀《ついじ》の上に、星の天を背にして、立つ人影があった。

ふわりとその影が宙に飛んで、地に降り立った。

ゆっくりと、こちらに向かって歩いてくる。

泥で煮込んだような、ぼろぼろの水干を身に纏った老人であった。

白髪、白髯《はくぜん》。

髪も髯《ひげ》も、ぼろぼろと伸び放題であった。

黄色い双眸が、炯炯《けいけい》と光っている。

蘆屋道満であった。

「これはこれは。道満殿——」

晴明が言った。

「酒の用意はできておるか」

ずかずかと毛氈の上にあがり込んで、その上に座し、

「できておるな」

右手を伸ばして、空の杯を持った。

その杯に、晴明が酒を注いでやる。

それをひと息に飲み干し、

「うまい酒じゃ」

道満は言った。

「また、お遊びなされましたね」

晴明が、二杯目を注ぎながら言った。

「うむ。退屈であったのでな」

「しかし、式神が欲しくば、御自分でいくらでも調達できましょうに」

「晴明、自分で作る式神なぞ、もう飽《あ》いたわ。他人が作った思いもよらぬものの方がおもしろい」

「それで、実之様を御利用なさったのですね」

「おう。ちょうどよいところへやってきたのでな」

道満が、二杯目を口に運ぶ。

「使えそうなものであれば、このおれがもろうてゆこうと思うているのだが、まずは見物じゃ」

道満は博雅を見やり、

「おい」

声をかけた。

「なんだ」

博雅が答える。

「ぬしの笛を所望じゃ」

「笛を?」

「ぬしの笛が好きでなあ。頼む、聴かせてたもれ」

にい、と道満が笑った。

博雅が、懐から葉双を取り出した。

「どうじゃ、そなたもこちらへ来てやらぬか」

道満が、露子に声をかけた。

露子が、問うような眸《ひとみ》を晴明に向けた。

晴明が無言でうなずくと、

「よし」

露子が、男のように答えて、膝でこちらへにじり寄ってくると、道満は楽しそうに笑った。

「博雅の杯が、今は空いておる。気にならねば、それで飲め」

「飲む」

露子が持ちあげた杯に、蜜夜が酒を注ぐ。

露子がその酒を口に含む。

ひと口飲んでから、晴明を見、そして最後に道満を見やった。

「おいしいわ」

そう言って微笑した。

その時――

静かに、博雅の笛が月光の中に滑り出てきた。

「よい笛じゃ……」

道満が、杯を持ったまま、うっとりと眼を閉じる。

博雅の笛が、嚠喨《りようりよう》と夜気の中に溶けてゆく。

眼を閉じてそれを聴いていた道満が、やがて、眼を開き、

「おう……」

声をあげた。

「始まったぞ」

皆の視線が、松の方に向いた。

それが、始まっていた。

松の幹に、黒い獣のようにしがみついているものの背が、小さく裂けていた。

その裂け目が、細く、青い、淡い光を放っていた。その裂け目が、だんだんと大きくなってゆく。

やがて、その割れ目の中から、ゆっくりと頭を持ちあげてくるものがあった。

それは、頭——顔であった。

蝶の眸をした人の顔——

その後から、羽根らしきものが出てくる。

最初は、よじり合わされた木の皮のようにも見えたが、それは、夜気の中に出てくるにつれ、ゆっくりと月光の中に翼を広げはじめた。

人の顔、人の手足を持ち、背に巨大な翼を持った蝶——

その羽根が、朧《おぼろ》な青い光を放ちながら、しずしずと月光の中に翼を広げてゆくのである。月光を受け、月光を吸い、その羽根が輝きを増してゆく。

溜め息の出るような光景であった。

「おう……」

道満が声をあげる。

「なんとみごとな……」

博雅も、笛を吹きながらそれを眺めている。

背の体毛が、一本残らず立ちあがってきそうなほど、美しい眺めであった。

やがて——

月光の中ですっかり羽根を伸ばしきり、その蝶は、ふわりと夜気の中に舞い上がった。

「綺麗……」

露子が声をあげた。

「これはもらえぬなあ」

道満がつぶやいた。

「露子姫……」

晴明が、露子に声をかけた。

「あれを、道満殿が、そなたに下さるそうじゃ」

晴明が微笑した。

「わたしに?」

「うむ」

うなずいたのは、道満であった。

「しかたあるまいよ、なあ、晴明――」

そう言って、道満は、またくつくつと嗤った。

大きな、朧な燐光を放つ翼を持った蝶が、月光の中で静かに舞っている。

博雅は、笛を吹き続けていた。

蝉谷めぐ実

耳穴の虫

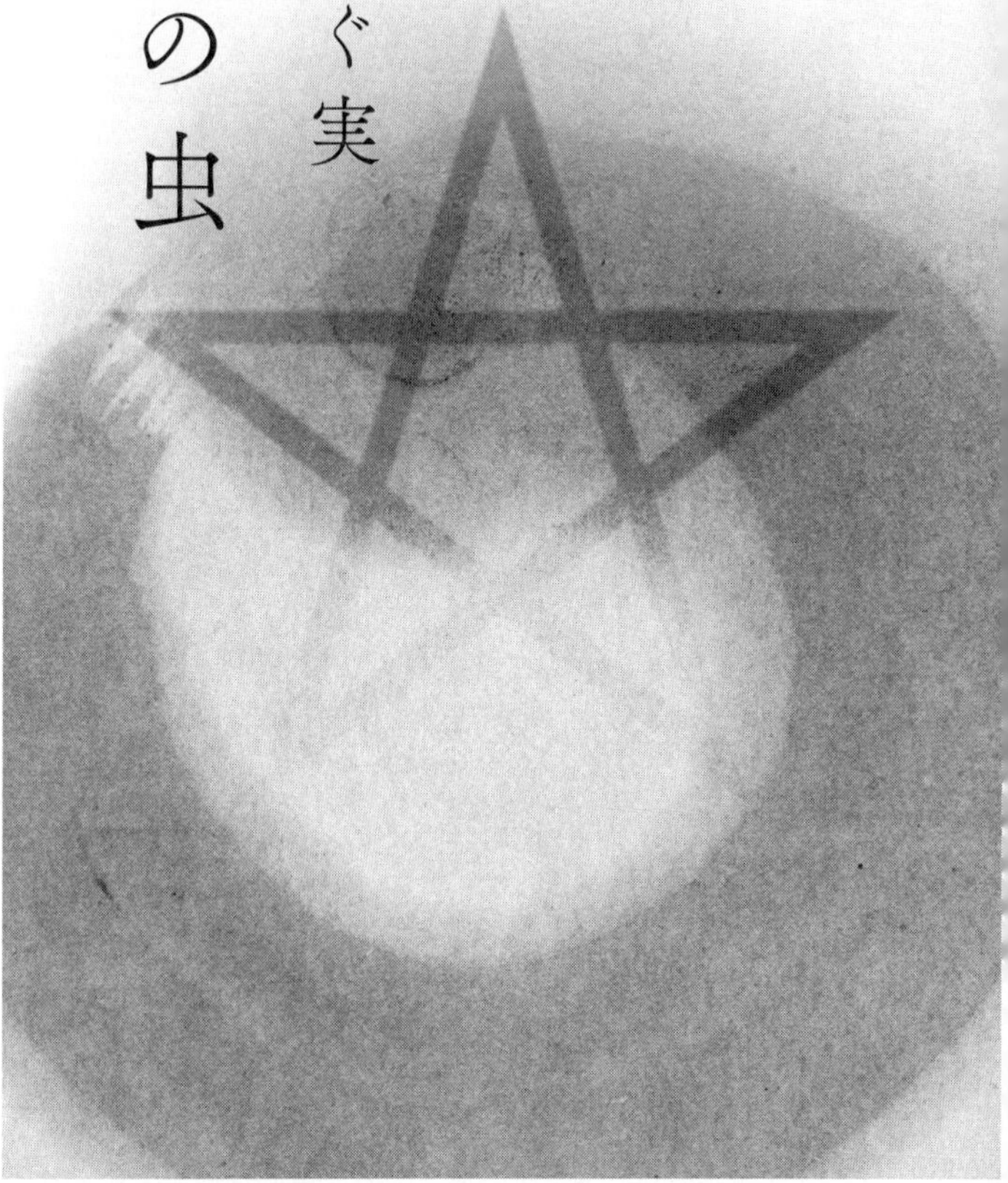

蝉谷めぐ実（せみたに・めぐみ）

一九九二年、大阪府生まれ。二〇二〇年『化け者心中』で第11回小説野性時代新人賞を受賞し、デビュー。二〇二一年に同作で第10回日本歴史時代作家協会賞新人賞、第27回中山義秀文学賞を受賞。著書に『おんなの女房』などがある。

生まれてすぐ、乳母の乳を吸っていたときのことだと聞いております。乳飲み子であるわたしの右耳の穴の中に、一匹の尺取虫が入り込みましたのは。気づいた乳母があなやと悲鳴をあげて小指で耳穴をほじくりましたが、虫は中で縮まっているのか出てこない。こよりを入れたり、梅の実の汁を垂らしたりとあらゆる手を試したそうではございますが、幾日経っても虫は頭を出さず、時折糞《くそ》がぽろりぽろりと溢《こぼ》れ落ちてくるだけ。

その虫が妖《あや》しの類《たぐい》であるとわかったのは、わたしが口をきける年頃になってからでありました。母と二人、貝を合わせて遊んでいる折、母が濡れ縁の方を見て、今、蛙が鳴きましたね、と言うので、わたしはけらけらと笑って、頭の天辺に葉っぱをくっ付けて、間抜けな蛙ねぇ、母様。そんなに舌舐めずりをしたって葉っぱには届きやしないのに、と答えると母は驚いた顔をいたしました。わたしもひどく驚いたものです。どうやら尋常の人たちはわたしよりも拾う音が少ないらしい。それに、右耳と左耳とで同じ音が聞こえているだなんて。ああ、どういうことかと申しますと、たとえば、蛙が鳴いた際に左耳が拾うのは、げこりという声のみでございますが、右耳が拾うのは、げこりのほかに、蛙の肌に葉っぱが擦れる音、蛙の舌が口回りを舐めずる音、水かきから土塊《つちくれ》が落ちる音などなどでございます。ただ、いつもそのように聞こえるわけではございません。尺取虫のご機嫌次第のところもありまして、耳たぶに糖蜜を塗ってから寝た次の日はよく音を拾ってくれました。

妖しが耳の中にいるのはひどく恐ろしいことではございましたが、その虫のおかげでわたしは耳の良い女子《おなご》がいると都人の口から口へと囁《ささや》かれるようになりました。噂は権少納言紀成章《きのなりあき》様のお耳に入り、その御息女様、信子《のぶこ》姫のお側仕えをさせていただくことになったのですから、文句を言っては、ばちが当たるというもの。……ええ、そのお名前がお口に出るのは至極当然。都で耳が良いと言えばまず、源朝臣博雅《みなもとのあそみひろまさ》様のお名前が挙がりましょう。篳篥《ひちりき》、笛に琵琶、箏《そう》と、管弦であればなんでもお巧み、類《たぐい》まれなるお耳をお持ちの殿上人と一介の女房なんぞを並べては、たくさんのお人から怒られます。

一方は生まれたときに物の怪が耳穴に這いずり込み、一方は生まれたときに天から言《こと》祝《ほ》ぎとして霊妙なる楽の音が鳴り響いたとのことですから。

御方です。

耳の虫は、勿論、陰陽師にも見せました。穀倉院別当《こくそういんべっとう》のお役職についていらっしゃる

垂れたお目をすうと細めてのお見立てでは、虫を無理に引きずり出す方が面倒、いえ、よくないとのことでありまして。黒の水干《すいかん》の袂《たもと》から黒猫の小さいのをつまみ出されてわたしの耳の傍まで寄せながら、そう仰《おつしや》っておりました。その時初めて、わたしはあの御人のお名前を聞いたのです。

ここはひとつ、安倍晴明《あべのせいめい》に見せるという手もございますが。

ですが、わたしはすぐさま、いいえいいえ、と答えました。手だって勢いよく振りました。稀代の陰陽師が宮中で請われるままに、方術で蟇《ひき》を潰したというのは誰もが知るところのお話で、万が一そんな術を耳の中でつかわれたならと、恐ろしくなってしまったのです。子猫は最後まで名残惜しそうにわたしの耳たぶをはんでおりましたが、賀茂《かもの》別当には丁重にお帰りいただきました。安倍晴明の名前は余程怖かったのでしょう、尺取虫はしばらくの間、耳の奥の方で縮こまっておりました。

「その虫は、まだお前の耳に住もうておるのか」

いきなり差し込まれたお声に顔を上げれば、小さな御尊顔が傍にあり、耳の穴を覗き込んでいたので、小稲《こいね》はひえっと仰《のぞ》け反った。側仕えの従者《ずさ》たちを御簾《みす》の内から追い出

していたのは見ていたが、まさか自らも御簾からお姿を現されるだなんて。

「そんなにお近付きになられては、妖しの穢《けが》れが」と、小稲は尻で退《すさ》ったが、高く澄んだお声がよい、と力強く言い切られる。

「なんのために人払いをしたと思っている」

鼻を鳴らすそのお顔はまだ幼い。庭で見つけた蝸牛《まいまい》を寝所まで持ち込まれ、女官たちに悲鳴をあげさせたとのお噂通り、不浄を厭《いと》うよりもご興味が勝っていらっしゃる。

「そんなことよりお前のその驚き様。耳がいいのではなかったのか」

そのお可愛らしい口端が上がり切る前に、小稲は畳に手をつき、頭を垂れる。仰け反った際にあらぬ所を捻ったのか腰がひどく痛んだが、ここで曲げねばなんとする。小稲は畳に額をつけたままで口を開く。

「虫にも機嫌のいいときと悪いときがありますゆえ」

「お前が飼い慣らしているわけではないのか」

「そのような間柄ではございません」

ふうん、と仰りながらも、小稲からほんの少し距離をとらっしゃる。触れた袂から立ち上る香りは、ああ、年々詰まりのひどくなる小稲の鼻でもわかるほどのかぐわしさ。

「ならば頭の内から喰われてしまうかも知れぬではないか。恐ろしくなかったのか」

「それはもう」

体を貪《むさぼ》り尽くされる夢を見るたび、寝所に籠《こも》って一日中泣いていたのが懐かしい。耳穴の入り口に残る火傷痕《やけどあと》がぴりりと引き攣《つ》れて、腰の痛みが少しばかり遠のく。

「虫が耳から外に出てきたことはないのか」

小稲はふと思い出す。

あの日は、陽の光が濡れ縁の簀子《すのこ》の間に入り込む、とてもあたたかな日であったこと。

「……一度だけ、ございます」

「どんな形をしておった」

「細くて黒い、少し毛が生えておりました」

その虫を掬《すく》い上げるお人の手は大きくて、琵琶の糸で切ったような古傷が指先に残っていらっしゃったこと。

「虫は、ないたりしないのか」

「いえ」

ないたりなぞしていなかった。

おそらく涙すらこぼしていなかった。二つある杯を伏せ、柱に背中を預け、片膝を立てて庭を見ながら、ひとり。

「聞こえなかっただけではないのかね。源博雅、博雅三位《はくがのさんみ》ならなき声を耳にすることができたんじゃないのかね。あれは妖しには詳しかったんだろう」

小さな口から現れた名前に、小稲は思わず顔を上げる。

「三位は陰陽師を引き連れて、色々な妖しを退治させていたそうだね」

お声は弾み、まだ仏のいらっしゃらない喉が震える。

「陰陽師、あの安倍晴明をだよ」

雲母《きら》を刷いたかのようなお目の中に映り込むだけで、小稲は寿命が延びたような気がする。

「お前をここに呼んだのはそのためだ。お前もじじさまから聞いておろう。安倍晴明の鬼退治、その話が聞きたくて、じじさまに頼んで立ち会《お》うたことがある者を探させたのだよ」

お名前が二つ揃って、小稲は口の中に入り込んでいた己の白髪を指で出す。髪の一本たりとも邪魔をしてよいものではない。

「源博雅さま……安倍晴明さま……」

その二人のお名前を一時《いちどき》に舌に乗せられるのは、うれしかった。それに、その名を口にすると、不思議と腰の痛みは遠のいて、鼻がすうっと通るのだ。己の白髪が黒に戻った気もして、小稲は久方ぶりに背筋を伸ばす。

「さあ、話しておくれ」

小稲は目脂《めやに》も隠さず、目の前の御人に顔を向けた。

今から口にするのは、この御人がまだこの世にお生まれでない遠い遠い昔のお話だ。

「わたしが姫様、信子様のお側に仕えていた頃のことに御座います。事の始まりはある日の夜半、丑の刻――」


めめか、と天井から音がするのである。

聞き慣れぬ音に、閨《ねや》で横になっていた信子は目蓋《まぶた》をゆるゆると押し上げた。

お腹の底を揺らすような低いそれは、対屋《たいのや》の軋《きし》みか、庭から入り込んだ虫の鳴音か。なにやらが睫毛《まつげ》の根本に触れているのは気のせいよね、そうでしょう、と覚めていく頭に言い聞かせているうちにも、
めめか。と、またある。

もしやこれはお声なのかしら。それなら聞き覚えがあるやも、と眉間に皺《しわ》を寄せる前に、触れるものは消えていた。

くちか。

言葉が変わる。次はなにやらが信子の唇の皺を一本一本丁寧になぞっている。

耳の穴に息のようなものを吹きかけられたときには、頭が覚め切っていて助かった。ひいと息が漏れそうになったのを、喉を絞って押し殺す。

みみか。

信子はなにも答えない。しばらくたって、ふうん、とつまらなそうな声がしたっきり、その後には何もなかった。朝まで袂の端を噛み締め続け、蔀《しとみ》の間から朝の光が漏れるや否や、すぐさま女房や父親へと訴えた。物盗りか、はたまた殿方の忍び込みか、と云々《うんぬん》あったが、仕舞には源氏物語を読んでぽうっとなっていた信子の耳違いということで片付けられた。しかし、二日経っての丑の刻、またもや、めめか、くちか、みみか、の声が天井から落ちてきた。信子が応えずにいると、ふうんがその場に残される。部屋を変えても同じことで、不寝番《ねずのばん》を立たせ、女房を寝所に引っ張り込んだが、丑の刻になると決まって信子以外は寝落ちてしまう。針で手の甲を突いても効きやしない。最初は怯えていた信子も十日もすれば慣れてしまうもので、蟋蟀《こおろぎ》や蛙の声にでも思えるようになっていた。

「口」とその夜、信子が答えたのはなんの企みもなかった。唇の端に出来物ができていて、それを丁度触っていたから、言葉が溢れてしまっただけなのである。

しまった、とは思った。いつものごとく、ふうん、が続いてくれないのも恐ろしい。

信子が息を詰めていると、

へへえ。

しみじみ感じ入ったような声が落ちてきて、信子は思わず笑ってしまった。へへえ、へへえと繰り返し、天井裏を走り回るほど喜んでくれるなら、こちらも言葉を返した甲斐があるというもの。

　三日後、またしても現れた天井の主に、今宵《こよい》はなんと返そうかと思案していた信子は、落ちてきた声に、はて、と首を傾げた。

　今、天井の主はなんと言った。

　くちだね、と優しげなお声が落ちてきはしなかったか。

　くちか、ではなく、くちだね、と主はそう言い切ってはいなかっただろうか。

　褥《しとね》から体を起こそうとしたその時、何かが顔の上に落ちてくる。ぬめったそれは、信子の唇の上を滑り落ち、丸みのある頰を伝って床で止まる。

　信子はそれを指で摘《つま》み上げた。

　高坏《たかつき》の油灯りに当たって、てらりと輝くそれは、唇の膨《ふく》らみをくっつけた人の皮だった。

「姫様は叫ばれて、小稲は寝所へ駆けつけたのでございます。その際天井を見上げましたが、何もおりませんでした。家人らでお気を失っている姫様の介抱をして、急ぎ陰陽師と検非違使《けびいし》を。ですが、五日もせぬうちにまたぞろ口の皮が落ちてくる。姫様は耐えきれぬようにならしゃって、目とお答えを変えたそうです。そうすると」

「次は目玉が落ちてくるようになったというわけか」

　ふむ、と勿体ぶって頷く狩衣の男に、小稲はむうとする。

何度同じことを説明させるのよ、この検非違使め。

怪異があったと幾度訴え出ても、真面目に取り合ってはくれなかった検非違使庁が此度は下官ではなく少尉《しょうじょう》を遣わせてきた。ようやっとかと喜んだのは束の間のこと、少尉は小稲の話を一向に頭に入れぬ阿呆で、怪異の細部を何度も確かめてくる。黒髪でも振り乱して地団駄を踏んでやりたいところだが、ぐしゅりと鼻を鳴らす音が右耳に聞こえて口を閉じた。

父親が、蝶は蝶でも沙羅双樹《さらそうじゅ》の葉のみを食べさせて、花は花でも朝一番の草木におりた露のみで水をやり、そんな蝶よ花よと育てられた十四の姫君は純真無垢で、涙にくれて鼻をかむ音だってお可愛らしい。懐紙を丸める音だって、わたし以外に聞こえていないのが勿体無いと思うほど。その姫様のためならば、小稲はぐうと耐えられる。

「姫様のお話では、昨夜も額にあれが」

畳の上へと目を動かせば、下官である放免たちが白い布で畳の上に転がっているものを包み上げている。浄めのためだから仕方はないが、白だと滲《にじ》んだ赤が飛び切り目立つ。外に運び出すよう放免らに顎を遣《つか》ってから、少尉は小稲に向き直る。

「高階敦忠《たかしなのあつただ》様のお名前はご存知か」

見目麗しい方だと聞いている。衛門督《えもんのかみ》のお役目、位は従五位の男君。どこもかしこもお色が薄く、姫様に届けられた和歌の墨まで読めぬほどに薄いのには、眉を顰《ひそ》めたのを覚えている。

「文をいただいて、姫様もお歌を返し、それきりだったかと思いますが」

「昨日の朝、殺されているのを家人が見つけました」

えっと小稲は声を上げる。

「お首が切られ、そのお顔からは目玉が二つ抉《えぐ》られておりました」

少尉が寄越されたのはそれが理由か、と小稲は独り合点する。

天井から声は降っても死人が出たわけでなし。従五位の貴族ともなれば妬《ねた》み嫉《そね》みで悪戯《いた》をする人間もおりましょう、というのがこれまで屋敷に訪れた下官らの始末のやり方だった。だが、位階の高い貴族が殺されて、検非違使庁が位階の高い役人を現場へ遣《ずら》わそうとしたところで、はて、と気付いたに違いない。そういえば、近頃目玉が云々《うんぬん》といった怪異が届けられてはいなかったか。

少尉が何度も小稲に事件の話をさせたのも、敦忠様の殺しと信子姫の怪異を糸で繋《つな》げようとせんがため。しかし、それらが糸で繋がれば小稲たちは困ったことになる。

「なるほど」と少尉は顋を手で擦り、小稲は嫌な予感がする。

「姫君のお話を聞くかぎり、此度のことは我々の手の出せる域ではなさそうだ」

「検非違使は手を引くというのですか！」

小稲は少尉に勢いよく顔を近づける。はしたないなんて言ってはいられない。

「陰陽寮には権少納言様が幾度も話を持ち込んでいらっしゃいます！　霊符も書いていただき、祓えの儀式もおこなって。ですが怪異がおさまる様子はございません！　使庁から陰陽寮に働きかけていただくことはできぬのですか」

慈しみ育ててきた姫に起こった怪異だ。父親である権少納言様はあちらこちらに文をやって声をかけ、陰陽師を呼び立てた。壺庭に祭壇まで組んで儀式を行ったが、全くもって効き目がなかった。小稲たちにはもう打てる手がない。検非違使庁ならなにやら伝《つ》手《て》がありやしないかと、なりふり構わずの訴えだったが、少尉は「ご安心ください」と小稲に言ってくる。

「陰陽師の中でも方術の腕の上下はあります。これまで権少納言様がお声をかけられた陰陽師がすべて外れであっただけのこと」

「どういうことです」

小稲が眉間に皺を寄せれば、少尉はこほんと空咳で勿体ぶって、

「ここは安倍晴明の出番でございましょう」

小稲の右耳の穴が震えた。

なんでも、殺された敦忠様のお父上様が呼び寄せたそうである。

着物に鳥が糞を引っ掛けた、犬が屋敷に入ってきたやらですぐに物忌みをされると有

名な方であるから、己の息子は呪詛《じゅそ》されたのではとひどく怯えていらっしゃるらしい。とことん調べ尽くしてくれと敦忠様のお屋敷を調べたその足で、権少納言様の邸へ向かうよう安倍晴明に牛車を用意したのだという。その伝令役も兼ねておりまして、と権少納言様へ語る少尉の目の中には鈍い光があった。

よくよく考えれば、抉り取られた目玉が転がっていたのがこの屋敷なのだから、姫様が犯人《ぼんにん》と疑われるのは当然のこと。小稲の顳顬《こめかみ》がぴりりと引き締まる。

姫様に請われて、小稲も姫様と同じ御簾の中に入ることにした。脇息にもたれかかる姫様のお体を気遣いつつ、小稲は己の耳たぶを三度引っ張る。くねりと耳穴の道に体を擦り付ける尺取虫は、そうご機嫌も悪くない。小稲は御簾内でほくそ笑む。

尋常、御簾をおろせば、御簾内からは御簾外が見え、御簾外からは御簾内が見えぬようになっている。しかしこの部屋にある御簾には、絹で織り上げた壁代《かべしろ》を張った。お体の弱った姫様に少しでも穢れを近づけぬためであり、何より小稲がいるためである。人は誰しも人の目がないとわかれば気が大きくなるもので、なんの遠慮もなく音を出す。人音が増えればそれだけ、今からこの部屋にやってくる陰陽師の正体を判じる材料が増えるというわけだ。

安倍晴明。

稀代の陰陽師にして、狐の子。清涼殿に参上を許されぬ地下人《じげにん》でありながら、数多《あまた》の高級貴族からの覚えがめでたいのは、その方術の腕ゆえ。柳の葉一枚で蛙を殺し、潰れた蛙の臓腑を眺め、あるかなしかの笑みを口元に浮かべていたとか。土御門《つちみかど》の自邸には、人の形をした式神とやらが蠢《うごめ》いているそうで、ああ、近づくのも怖や怖や。

怪しの陰陽師には妖しの虫で抗《あらが》うべしで、小稲は安倍晴明のすべてを音のみで知り尽くしてやる気でいる。

権少納言様の渡殿《わたどの》を歩く足音が聞こえて、小稲は垂れる黒髪を耳にかける。

「ああ、よくきてくれた。さあ入っておくれ」

権少納言様の声があり、小稲は耳穴に力を込めた。

さあ、どのような足の運びでいらっしゃる？　お着物の袂を捌《さば》いてくださるだけでもいいわ。衣擦れの音でわかることは百とあるもの。鼻息の通りで、その鼻筋の高さもすぐ知れる。お声なんて出さずとも、上と下の唇がくっついて離れる音が聞こえるだけで――。

「安倍晴明と申します」

小稲は思わず息を止めた。

低く落ち着いた声だった。耳中の虫が怯えて体を震わせ、隣にいる姫様も体をぴくりと動かされた。小稲がそっと横目で見やれば、その頰はほんのり染まっている。たしかにお美しい声ではあったが、抑揚がない。まるで置かれた瑠璃《るり》杯を爪で弾《はじ》くかのような、いえ、そんなことよりも。小稲はきっと唇を嚙む。

この男、一体いつの間に部屋に入ってきていたの。

姫様がまごまごと口籠《くちご》もっているうちに「失礼ながら」と陰陽師は口を開いた。

「姫様は、よくないものに目をつけられております」

「よくないもの」

姫様のお声が震えても、陰陽師は息ひとつ乱さず言葉を続ける。

「妖しに声をかけられましたね」

「は、はい」

「それに、姫様がお言葉を返された」

「……はい」

「なるほど」

人差し指と中指の腹が唇に触れる音がする。声以外に初めて陰陽師が出した音に、小稲はほうっと息を吐いたが、指と唇の間で空気の混ざり合う音が続いて、小稲の背筋はぞくりとする。声には出さずになにやらを唱えているのだ。これが呪《しゅ》というものか。これが陰陽師というものか。

小稲は思わず膝をにじって、御簾と姫様の間に己の体を割り込ませる。

御簾越しで姿形がわからないにもかかわらず、怪異の有り無しをすぐさま判じ、一言三言のやりとりだけで妖しの正体に見当をつけている。そして何より音がない。得体が知れない。恐ろしい。

「寝所を見せていただけますか」

傍で控えていらっしゃった権少納言様が裾を払って立ち上がる音に、いけない、と小稲は畳に手をついた。これ以上屋敷に踏み込ませるのが恐ろしくなって、制止の声を上げようとしたその時、

ちゃぽん、と音が鳴った。

そのちゃぽん、があまりにこの陰陽師に不釣り合いで、気づかぬ内に小稲の口からは言葉が転がり落ちていた。

「酒の音？」

陰陽師は一寸ばかり間を空けてから「ええ」と小さく頷いた。

「先の屋敷で菩提泉の酒を賜りましてございます」

陰陽師は教えてくれたが、やっぱりどうにも陰陽師と酒の音がしっくりこない。もう一度確かめようと、小稲が己の耳たぶを引っ張れば、

「その方、お耳に妖しが潜《ひそ》んでいらっしゃいますね」

それも御簾越しにわかるのか。喉が鳴ったが、小稲は腹に力を入れて膝を揃える。

「はい。晴明様のお見立て通り、幼き頃に耳の穴に虫が入って、今日まで出てまいりま

せん」

「陰陽師には見せられたのですか」

「賀茂別当に見ていただきました」

ほう、と陰陽師は珍しく息を吐き出した。

「保憲《やすのり》様が」

「賀茂別当は無理に引きずり出す方がよくないと。虫も悪さをすることなく耳穴に住まわっているだけですので、そのままにしております」

「あなたに差し障りはないのですか」

一寸、小稲は口をつぐんだ。が、

「ええ。なんの差し障りもございません」

「それはよかった」

姫様はこちらをちらりと見遣ったが、小稲は黙って目を返す。今の陰陽師の言い振りでは、耳に妖しがいることがわかっても、その虫が小稲の耳穴で色々な音を拾い上げていることはわからぬらしい。ならば、わざわざこちらから、手の内を見せてやる必要はない。

「今日のところは、姫様に害の及ばぬよう呪を施させていただきました。三日後また改めて屋敷に参上させていただきます」

陰陽師はそう言ったきり、権少納言様の遠のく足音で部屋を出ていったのだと知れた。襖障子《ふすましょうじ》が閉まるなり「どうなの小稲。あのお方の音で気づいたことはある？」と姫様が体を寄せてくるのはいつものことだ。

小稲は虫入りの耳を買われ、信子姫の側仕えの女房として雇われた。下級貴族である受領《ずりょう》の娘、その上虫憑《つ》きの女を拾い上げてくださった権少納言家への御恩はそりゃもう溢《あふ》れんばかりだが、それに値する働きはできていると己では思っている。

宮中で力を持つのは紛《まご》うことなく噂話で、これを使って立ち回り、ときには餌にし、皆、腹に一物を抱えながら渡り合う。だからこそ小稲は虫の力で聞き知った噂や会話を集めては、信子姫に耳打ちをするのだ。そうやって姫様たちのお役に立ってきた小稲が、こんなにも音が拾えなかったことはない。

「噂に違《たが》わぬ、冷淡なお方のようです」

答える小稲の額に汗が浮く。

「陰陽師としての評判も噂に違わぬものではないかと」

当たり障りのない言葉を続けると、姫様は「よかったわ」と手を合わせて笑みをお浮かべになられて、小稲はほうっと胸を撫《な》で下ろしたが、

「ではまたお屋敷に来ていただけるのね。ねえ、小稲。あの方は何をお渡しすれば喜ん

でくれるのかしら」

ああ、また姫様の困ったお癖が出ていらっしゃる。

「そのときは御簾の壁代を外してもいい？　お顔が見てみたいの。お美しいとの噂だから、笑うお顔も素敵なはずだわ。人のお喜びになる顔ってとってもかわいいものだもの」

十四ながらその無邪気さをお心に残したままの信子姫は、小稲の虫で集めた噂を使って、人を喜ばせるのが大層お好きだ。やれ壺庭で朝顔を育てている公達《きんだち》の話を聞けば、切り取ってきた朝顔を袋に詰めて送り、やれ管弦に夢中な姫君の話を聞けば、譲り受けた琵琶を届けさせる。喜ばせるお人が高貴な殿方であれば権少納言家としても良いことだが、姫様のお癖には節操がないのが困りもの。誰彼構わずお喜ばしになるから、近頃は小稲が姫様に耳打ちする噂話は、まず権少納言様のお耳を通して選定される。しかし、此度は陰陽師。権少納言様にお伝えするまでもない。

「姫様、陰陽師に近づけばお体に障ります」

一応窘《たしな》めてはみたものの、姫様はとんと聞いておられない。

「そうよ、狐の子とのお話も本当なら、木の実なんてどう。小稲の耳に尻尾を振る音は聞こえなかった？」

「あの方が隠されているのであれば、わたしには聞こえぬでしょう」と答えた声は己でもわかるほどに神妙になった。陰陽師が隠そうと決め己の懐に仕舞い込んでしまったものがあるのなら、小稲にそれを知る術《すべ》はない。

小稲は今日、尻尾どころか、なにも音を拾うことができなかったのだから。

あの酒の揺れる音だけは別にして。


だが、一日経って、小稲はあの陰陽師の静謐《せいひつ》さが腑に落ちていた。

小稲は褥で眠る姫様のお側に座って、姫様のお髪《ぐし》を櫛《くしけず》る。陰陽師の言った通り、寝所に妖しは現れない。寝息をたてる姫様のその真白で柔らかいお耳たぶに小稲は指先でそっと触れる。

尺取虫は、小稲の耳穴に入り込んで二十年、悪さを働くことはなかった。耳穴の中で時折体をくねらせることはあるものの、虫の力が必要な、例えば、徳の高いお坊様の説教を聞く講会《こうえ》や歌合せの日の前に、耳たぶに糖蜜を塗りつけておけば、虫は怠けることなく色々な音を拾ってくれた。しかし、小稲は恐ろしかった。瞬きをする間でさえ、小稲は虫の存在を忘れたことがない。虫は耳の奥へ奥へと体を捻り込み、耳の道終わりの壁を食い破り、そのまま体中を食い散らかすかもしれない。そもそも小稲は、虫の姿形だって見たことがないのだ。

小稲はその昔、堪らぬようになったことがある。なにが理由か知れないが虫がご機嫌の日が続き、小稲の周りのなにもかもの音を拾うのだ。母が顎の吹き出物を潰す音が、父の髭《ひげ》穴に脂の滲む音が、腐った実に蠅《はえ》が卵を産み付ける音が、牛が通りで糞を落とす音が、小稲の右耳から入って、頭の中を濁流のように暴れ回る。その氾濫《はんらん》が続いた三日目の昼に小稲は、己の右耳の穴に火で炙《あぶ》った鉄の棒を突っ込んだ。小稲があげた悲鳴に親兄弟が駆けつけてすぐに取り押さえられたおかげで大事には至らなかったが、その火傷のあとは今なお時折ぴりりりと痛む。

火傷を負った次の日に、耳内で皮がぺりぺりと育っていく音を聞いたとき、小稲は人間であることを諦めた。皆と同じであることを諦めた。小稲は妖しの側の人間であらなければいけない。お優しい権少納言様たちは小稲を家内に置いてくれたけれど、本来小稲はそのような生き方ができない人間だ。

人とはなにか違う者は人を遠ざけ、息を潜めて生きるべきなのだ。

音を無くしたあの陰陽師のように。

そう得心していたからこそ、次に陰陽師が屋敷にやってきたとき、小稲は思わず小指で、耳の穴をほじくった。尺取虫は嫌そうに体をよじったが、小稲は指をぐるりと一回転だってさせてしまう。

なぜって、あまりに音が多すぎる。

日が中天を越えたあたりでやってきた牛車が、屋敷の車宿《くるまやどり》に止められて、車番をしていた家人が血相を変えて権少納言様に耳打ちをしてから、陰陽師が初めて屋敷にやってきた際の静謐さは何処へやら、家人も女官も屋敷中を走り回って、高直《こうじき》な器やら真新しい円座を引っ張り出している。何より屋敷の主人である権少納言様の出す音が一等大きい。

「ひ、博雅さまがご同行されるなぞ想像だにしておりませんで、なにやら家人らの対応に失礼があるやも知れませぬ」

姫様と一緒に座している御簾内まで汗の垂れる音が聞こえてくるが、その慌てっぷりは仕方がない。

まさか、こんなところに殿上人がいらっしゃるなんて。

源博雅。清涼殿におみ足を乗せることを許されている三位様。肌の下を流れる血の音は帝のものがお混じりでいらっしゃるから、聞いているだけで手を合わせて拝みたくなってくる。音が出るものであればなんでもお巧みな楽聖は、身じろぎすべてによく音をお立てにならっしゃる。しかし、それらは五月蠅《うるさ》いわけでは決してない。沓《くつ》を脱ぐ音は、草の芽が種の殻を破るときのような、衣の裾を整える音は、馬のたてがみが風を受けて膨らむときのような、ああいう自然《じねん》のごとくの音を立てるお人だった。

「いえ、そのようにお構いいただく必要はございませぬ。わたしは晴明についてきただけですので」

お声だって朝の川のせせらぎのように清々しい。官位が下の者へのその丁寧なお口振りには驚いたが、小稲は博雅様に続いて廊下を歩く陰陽師の方に首を傾げてしまう。

先日、訪れたときは、足音なんて毛ほども立てやしなかったのに。

なのに、博雅様の後ろを歩くときだけ畳を足の裏で踏みしめて、なんとも柔らかな音が出る。もちろん小稲にしか聞こえぬくらいの微《かす》かな音だが、本当にこれはあの陰陽師の足音か。右耳に力を込めるがすぐに博雅様の音がかぶさってきて、もう、と小稲は奥歯をぎりりとやった。

御簾内に小稲は姫様と並んで座り、御簾外には博雅様と陰陽師、それに権少納言様が並んで座る。権少納言様は三位殿と共に座するなんてと体を震わせていらっしゃったが、博雅様が「お気遣いなきよう」と微笑《ほほえ》まれた際の口端の上がる音はお優しい。

「今宵、妖しはまたやってきましょう」

陰陽師は言う。

「そして姫様に同じ問いかけをするはずです。めめ、くち、みみと。姫様はみみとお答えください」

小稲は眉を顰めたが、「晴明」と遮《さえぎ》ったのは博雅様だ。

「それでは同じことではないか」

小稲は御簾内で幾度も頷く。耳と答えたところで、また誰かから耳がちぎり取られて、落とされるだけ。目玉から耳付きの皮にすり替わっただけで、なんの解決にもなりはしない。

だが、陰陽師は「大丈夫でございます、博雅さま」と確かに衣擦れの音をさせる。

「博雅さまのお力が借りられれば、件《くだん》の妖しはうまく始末がつくはずです」

「そうなのか」

とても目の大きな公達だと、小稲は思わず笑ってしまう。目蓋をぱちくりとさせる音がよく響く。

「いや待て、おれはおれの力が必要などと聞いておらぬぞ。また黒川主や血吸い女房のようなことをしでかすつもりではあるまいな」

そして、お口も大きなお方。口を尖《とが》らせたとすぐにわかってしまう。

「ご安心くださいませ」

「そうか」と博雅様は言葉を切ったが、恐れ多くも小稲はその言葉の尻を掬い上げる。

「お待ちください。耳と姫様が答えれば、妖しは退治していただけるのでございますね」

権少納言様の喉が鳴ったが、小稲は構ってなどいられない。陰陽師は少しも動じない。

「少なくとも、妖しが姫様の前に現れることはなくなりましょう」と穏やかに返してくる。

「妖しを殺してくださらなければ、意味がないのではございませんか」

陰陽師からの応えはなくなり、小稲の眉根はきゅうと寄る。はっきりとした答えを返さないのは、妖しを殺すその自信がないからか。方術の腕はたしかとの噂話を信じたが、もしやとんでもない見当違いか。ならば、と小稲はちらりと姫様のお顔を見遣る。博雅様のご来訪で、陰陽師のみに物を贈るわけにもいかず、しゅんとしていた姫様も、小稲の目にはしたりの顔で頷いて「父上様」と御簾内から声をかけた。三位への無礼を気にしてか、権少納言様のお首が筋張る音はお気の毒ではあったものの、姫に持病の癪《しゃく》が出たようでとなんとか言い訳をつけていただき、三人揃ってそのお部屋を退座する。

隣の部屋に座して小稲は、さあ、と右の耳たぶを揉み込んだ。

残されたお二人で、一体何を話される。

しばらくあってから、

「本当に大丈夫なのか、晴明」と博雅様がお口を開く。

「なにがだ」

その返しに小稲は息を呑み込んだ。権少納言様と姫様がお顔を近づけてくるが、それどころではない。

この陰陽師、誰に向かって口をきいている。

「なにがって、妖しのことさ。姫の御身になにかあっては大変ではないか。耳を持っていかれるお人もいるのだろう」

「それについては心配する必要がないさ、博雅」

ああっと小稲は声をあげそうになったが、慌てて口を手で塞《ふさ》ぐ。傍にいるお二人は何事かと目を剝《む》いているが、小稲は構わず耳穴に力を入れる。もう一度聞かねばどうにも信じられない。地下人が殿上人の名を呼び捨てているだなんて。

「どういうことだ、晴明」

「さあて」

「なんだ、またおれに教えぬつもりか」

「いずれわかるさ。そう膨れた顔をするな」

「おまえ、この頃意地が悪いぞ。先のおまえの屋敷でもおれはいい心持ちであったのに、おまえに呪の話をされたせいで、なにがなんやらわからなくなってしまった」

「そう怒るな、博雅」

ああ、また呼び捨てにしたわ、この地下人！

「そういえば、先ほどの女房殿は耳の中に妖しを住まわせているらしい」

くわえて、なんてあからさまなお話の逸らし方。聞き耳を立てているだけの小稲でもわかるというのに「ほう」と驚かれる博雅様の素直さには気が抜ける。

「名はつけていらっしゃるのかな」

「妖しに名などつけぬよ。おまえみたいな人間はそういない」

「むう」

続く忍び笑いに、小稲はどきりとしてしまう。この陰陽師が出す音にしては、なんとも言えぬ違和感があって、これと似た音をわたしはどこかで聞いたことがなかったか。

小稲はしばし思案して、あっと気づいた。

そうよ、あの、ちゃぽんだわ。

「姫様方がお戻りになったら、おれの屋敷に帰るぞ」

「屋敷で呪《まじな》いの準備でもするのか」

「いや、酒を飲む」

「なに」

「妖しにはあちらからお越しいただけるさ。先日おれが賜った菩提泉の酒でも飲んで待つとしよう」

「あれはおまえが用意したものではなかったのか」

「瓶子《へいし》に穢れがあるやもしれぬ、ないやもしれぬ、とお伝えしたところ、帰りに持たされてな」

「こら、晴明。おまえ、まさか」

「いいではないか。あの屋敷にあっては死穢《しえ》がついたと焼き払われるだけだ。酒はおまえも好きだろう」

「まあ、好きだが」

「どうした」

「姫様が怖がっていらっしゃる中、酒を飲むのは気が引ける」

「おれたちが酒を飲まなかったとて、妖しの動きは変わらないさ」

むむむと博雅様はお唸りになってから、

「本当にゆかぬでよいのか」

「ゆかぬ」

「ゆかぬのか」

「ゆかぬ。今日はゆかぬで屋敷で酒でも飲もう」

「うむ」

そういうことになった、らしい。

殿上人と陰陽師を乗せた牛車の車輪が土を食《は》み、道を進む音から、小稲は耳を離すことができずにいる。たぶんこの、ごとりごとりも陰陽師お一人だけが乗る牛車からは出ぬ音だろう。殿方お一人分の重みが加わっているから音が違うと、そういった理由ではない。

博雅様がいるからだ。

博雅様がお近くにいるときの陰陽師の、いや晴明様の出される音はあたたかで、豊かで、少しばかり戯《ふざ》けて、そして何より心地いい。

あの、ちゃぽんを晴明様に不釣り合いに思ったのも、今なら小稲は得心がいっている。あれは、博雅様を思って出た音だったから柔らかく、静謐な陰陽師には似合わないよう小稲には思えたのだ。

牛車の音が雑踏に紛れるのを聞き届けてから姫様の部屋に入ると、姫様は小稲に体を寄せて、お二方はなにをお話ししていたの、と聞いてきた。小稲は少し黙ってから、とりとめのないことでございます、と答えた。

女房部屋に戻った小稲は、尺取虫に尺《しゃく》と名をつけてみた。いつもは働いてもらうために引っ張るだけであった耳たぶを、今日はゆっくりと指の腹で撫でてみる。尺は身をよじらせもくねりもしなかったけれど、小稲はそのまま撫で続けた。

丑の刻、燭台《しょくだい》の灯芯がじりりと鳴る音がやけに耳内に響くのは、尺のご機嫌がいいからだろうか、それとも小稲の心が騒めいて落ち着かぬからだろうか。

晴明様にはついっと指先ひとつで妖しを退治いただいて、その顚末《てんまつ》の報告のためお屋敷にやって来る牛車の音だけに、小稲は耳をすませておればよいというのに、衣の裾を弄《いじ》ったり、爪のささくれを剝いたりと雑多な音を出さずにはいられない。御簾内にいる姫様も浮かない顔をしていらっしゃるので、小稲は己の不安を腹の底に押し沈め「ご安心ください」とお声をかける。

「晴明さまと博雅さまが必ずや退治してくれるはずにございます」

すると姫様は「あのね、小稲」とこちらに上目を遣う。睫毛の擦れ合う音が媚《こ》びている。

「わたし、妖しが可哀想に思えてならないの」

「は」

二の句が継げられぬままでいると、姫様は己の耳たぶを優しく摘む。

「ほら、小稲はお耳の中の尺取虫ととっても仲が良いでしょう」

「仲が良いというほどではございませんが……」

「だからね、わたしも、お部屋にやってくる妖しと仲良くなれるんじゃないかってそう思うのよ」

小稲は耳穴に虫が入り込んで初めて、己の耳を疑った。

「その妖しは人を殺しているんですよ⁉」

「わかっているわよ」

そう言って頬を膨らませる姫様は、無邪気で純粋で、肝が図太くいらっしゃる。

「でも、妖しだって淋しいのかもしれないじゃない。だから、わたしの部屋に何度も姿を現わしに来るんじゃないかしら。それなら優しくしてあげたいと思うの」

そうだ、姫様はいつだってお優しい。数年前に河川敷でなき声をあげていた一匹の子犬をお拾いになって、己の袂で包んでお屋敷に連れ帰った。姫様は子犬の前足をとり、笑みを浮かべていらっしゃった。目の前の姫様も小稲の手をとり、笑みを浮かべていらっしゃる。目が弧を描いて目尻の皮がきゅうと引き絞られるその音が、小稲にはひどくおぞましく聞こえた。

「小稲にだって、わたしは優しくしているでしょう」

姫様のお声が右耳の穴底に届いて、そうか、と小稲は呆けたように心内で呟いた。

わたしは姫様から物の怪だと思われていたのか。己とはちがう生き物だとわたしは思われていたのか。

「こんなにも小稲と仲良くできるんだもの。わたし、妖しともお友達になれるような気がするわ。天井の妖しが小稲の虫みたいに小さくあれば、わたしの耳に住まわせてあげたっていいの」

姫様の言葉に、小稲は奥歯を噛み締める。姫様は知らぬのだ。この尺取虫が耳に住まっていることで、どれほどの思いを小稲がしてきたかを。耳を引きちぎりたいと小稲は何度思ったことか。こんな右耳、どこぞの誰かにくれてやりたいと、そう――。

「みみだね」

小稲と姫様は二人して動きを止める。みみだね、今、みみだと言ったものね、と声がするたび、燭台の火が揺らめいている。姫様の目がゆっくりこちらを向いて、小稲の指もそろそろと己の右耳たぶを摘んだが、虫は耳穴の奥で身じろぎすらしない。尺は小稲に妖しの近づく音を教えてくれなかった。

「それなら、ここにありますよ」

かちかちと歯の根の鳴る音が隣から聞こえる。がちりがちりと牙の鳴る音が天井から聞こえる。

「姫や。いいおみみがここにありますよ」

天井を這いずる音が小稲の頭上で止まって、小稲はひっと息を呑む。

「今すぐちぎり取って、差し上げましょうぞ」

「なぜわたしに耳を渡そうとするのですか」

小稲は弾かれたように姫様を見る。姫様は小稲の袂を握りしめ、天井を睨《にら》みつけながら、そう妖しに問うている。

「目も口も、わたしに渡してどうしようというのです」

ははあ、と妖しは笑い、口端の肉が裂ける音がする。

「すげ替えまする」

「すげ替える?」

「いたくないよ。おれは腕がいいからね」

だらりと天井から垂れてきた一本の腕は大きく太く、鋭い爪と指の背の間には髪の毛の塊《かたまり》が入り込んだままになっている。

「目の玉は思い切り押し込みまするぞ。目の玉の入っている穴は意外と深いものだから、強すぎて困ることはない。鼻は穴が二つあるから皮を繫ぎ合わせるのがむずかしいのさ。耳は、へへ、実はやってみたことがない」

照れたように頭を搔《か》くが、ぞぶりぞぶりと肉まで搔き出してしまっている。

「どうしてわたしの耳と目と口をすげ替えねばならないのです」

姫様の言葉に目玉の大きいのが四つぱちくりと瞬いて、その後で小さいのが二つぱちくりとする。

「うれしくないのかね」

「うれしい?」

「牙は鋭く固い方がいい。角は大きく強い方がいい。なら目はよく見えて白いところが光っている方が、口は声が通って唇の薄い方が」

耳は音をなんでも拾って、貝殻のように小振りな方がよくはないのかね。

「姫は今よりもよいものになれるよ」

小稲はそこで目玉を抉られた敦忠様のことを思い出す。どこもかしこもお色味が薄かったあの人は、目の色が茶味がかって美しいと評判だった。

「どうしてわたしに……どうしてわたしをよいものにしようとするのです」

「おれは姫のやさしさにしみじみ感じ入ったのさ」妖しはうっとりと声を出す。

「おれはあまり腹がすかぬ質《たち》でね。口に入れる人間は色々と吟味をするんだが、ある日喰ろうた人間がそれはもう、うまかったのさ」

腑は甘く、肉の襞《ひだ》には酸味があり、臍《へそ》のついた腹の皮は、牙の間に挟まるのが難点だけれど、しゃぶればしゃぶるほどまろ味が出る。その味が忘れられずに、男を喰らったあたりで通りすがる人間の指を一本ずつ味見をしていれば、なるほど、この屋敷から出てくる男らがいい匂いをさせている。

「おれは気付いたのさ。姫がやさしくした男らで顔がぽうっと赤くなったのは、大層うまい。おれは姫のおかげでうまい人間ばかりを喰らえたんだ、おれは姫にお礼がしたいと思ったんだよ」

小稲も姫様も言葉がなかった。ただ、小稲には聞こえている。妖しの凹凸のある舌が姫様への言葉を乗せるときに優しげな音を出し、妖しが姫様を見るときのその目玉の動く音がとても柔らかであることを。

姫様のご様子は耳をそばだてる必要などなかった。眉の間に皺を刻み、唇をひどく歪《ゆが》ませて、目の前のものを忌み嫌っておられる。

「まずはお耳からよいものにして差し上げようね」

天井から垂れていた腕がゆっくりと動いて、小稲の耳の付け根を爪でなぞり上げる。せめて尺が無事であればいい、とそんなことがふと頭をよぎった寸間、小稲は耳たぶを揺らす低い声に気がついた。

部屋の襖障子のあたりに立っているその人のお姿を、初めてこの目に入れた小稲は、こんな状況でも思わずほう、とならずにはいられなかった。呪を呟く唇はうすく紅をはいたように赤く、切れ上がった目を覆《おお》う薄い目蓋は絹で磨いたばかりの陶磁器のように真白い。

「姫様、女房殿」と小稲の傍で膝をついてくれたもう一方のお声が優しいのは知っていたけれど、この目で直《じか》に見るお顔は音で聞くよりも実直でいらっしゃった。その大きな目を見ていると、小稲の目からは涙が溢れた。

妖しはなんだかきまりが悪そうに三つの口をむぐむぐとさせていて、

「はやく殺してくださりませ！」と姫様だけが激昂《げっこう》している。

ああ、似ていらっしゃると小稲は思った。拾った子犬をお捨てになったときのお顔とよく似ていらっしゃる。大きく育った犬は、姫様にひどく懐いたけれど、姫様の思う通りにかわいくもなく、姫様の思う通りにきれいでもなかった。天井から現れた妖しの姿形はおそろしく、耳に入れられるほど小さくもない。姫様のご希望に沿った形をしていない。

「こんなもの、この世にいてはいけないのです！　晴明さま、早く殺してくださりませ」

姫様の訴える声を聞いても、晴明様は何も答えなかった。ただあるやなしやの笑みをその口元に浮かべているだけだった。姫様はまた「わたしが間違っていたのだわ」とお一人で嘆く。

「妖しとわかり合えると思うこと自体がおかしなことであったのです。妖しは人と決して混じり合ってはいけないのです！」

姫様のお口から飛び出た唾が畳の間に染み込んでいく音が消えてから、

「そういうことか」と妖しはぽつりと言った。

「そういうことにござります」と晴明様は静かに返す。

小稲には何がそういうことなのかはわからなかった。ただ小稲はひどく淋しい思いがした。

「でもなあ、おれはただお礼がしたかっただけなのさ」

「存じております。しかし、そのやり方ではいけませぬ」

「……うん」

「おわかりになったら、引かれませ」

「うん」

妖しの腕がするすると天井へと引き上げられていく。

「姫のやさしさは、同じものにしか与えてもらえないものだったんだね」

妖しはひどく寂しそうにそう呟いた。

「もうし」とその妖しに晴明様がお声をかけた。

「ひとつ、お聞かせくださいさい」

「なんだ」

「どうしてこの男の耳を狙わなかったのです」

晴明様の目線を辿《たど》れば、博雅様がきょとんとしていらっしゃる。

小稲はああ、とそこで気づいた。晴明様は妖しが博雅様の耳を狙うとそう踏んでいらっしゃったに違いない。それでも小稲が救われたのは、屋敷にかけて下さった呪とやらが働いたのでありましょうが、晴明様は真っ直ぐ妖しを見ておられる。

妖しは少し口籠もり、

「その耳はよいものではない」と答えるから、小稲はその場でひっくり返りそうになる。

何を言っているのだ、この妖し。楽の神から愛されたお耳と妖しが耳の中に入り込んだ耳となぞ、比べるまでもない。もしや妖しというものは楽を聞く器がないのだろうか。

「その耳は、持ち主を孤独にする耳だ」

ひっそりとした妖しの声に、晴明様は頷きも否定もしませんでした。

「おれは姫を孤独にしたくはなかったのさ」

妖しはそう言ったきり、姿を消しました。その日から目も耳も口もちぎり取られるお人はおらず、姫様の寝所へ現れることもございませんでした。


「三位は孤独な方だったのか？」

前のめりになっていた小さなお体が、ゆっくりと脇息にお戻りにならっしゃる。小稲には気づかれぬようにとのお心内のようだが、小稲にはまだ、妖しが天井から現れたところから逸《はや》っている心の臓の音が聞こえている。

「楽が好きな痴《し》れ者との噂だったから、賑やかなお人だと思っていたよ」

「お声が大きくて楽しい方ではありましたが、わたしが宮中でたまさか見かけました琵琶を弾いているお姿は、どこか浮世を離れておいででした」

嫋嫋《じょうじょう》、と撥《ばち》が弦を弾くたび、まるで息を潜めたように風が鳴り止むのに気付いて、小稲はほんの少し怖気《おぞけ》が走ったのを覚えている。

「晴明さまも博雅さまも人とは違っておられました。わたしのように妖しが耳に入り込んでいるとか、そういったことではございません。人より何かが優れているのも人と違うということなのです。お二方ともお淋しい方でいらっしゃいました」

小稲はだからこそ、と呟いて、遠くを見た。

「だからこそわたしはあのお二人が並んでいらっしゃるところを見て、息を呑むしかなかったのでございます」

その時、慌てたように渡殿を進み来る足音が聞こえて、小稲は口をつぐんだ。急ぎ平伏をする小稲の頭の上を、張りのあるお声が飛び越える。

「ああ、こんなところにあらしゃった。わしに何も仰らずに下の者と会われては心配するではありませんか」

「じじさまが遅いからではないですか」

お可愛らしい顎がつん、と上を向き、細い首の筋が動く音がする。

「じじはお仕事がありますから、じじがくるまでお側付きの女官と貝合わせでもされていてください、とそう申したではありませんか、」

お主上《かみ》。

その名を聞くのも不敬な気がして、小稲は皺の浮いた額を畳に擦る。

昨年、即位された御年十《とお》の今上帝。小稲が生きている内にお声を知ることもなかったはずの尊い御身が目の前にあり、頰の産毛がそよぐ音まで耳にできているこの状況が、未だ信じられないでいる。

「ああ、御簾からお姿まで出されて。じじは心が休まりませんよ」と男が帝の近くに尻を落ち着ける音が耳に入るのも、小稲はこれは現《うつつ》かと疑ってしまう。

藤原道長《ふじわらのみちなが》。帝を外孫として栄華の限りを極めた従一位。その名を都に轟《とどろ》かす御堂関白殿。そんなお方が己のような年経て草臥《くたび》れた女房にお声をかけられたことには、驚いた。なにがなんやらわからぬままに清涼殿に連れて来られれば、御簾内からお体を現したのは帝で、この方にお話をせがまれては、小稲は何があっても口を開かなければならぬ。

「だって早く聞きたかったんだもの」

帝が袂から出されて、ことりと目の前に置いたものに、小稲は胸内がいっぱいになる。こちらも小稲の生きている内に、再びお目にかかれるとは――。

「葉二《はふたつ》……」

つぶやいた小稲の顔を見て、帝は唇を尖らせる。

「お前も、じじさまと同じ顔をするんだね」

「同じ顔、でございますか……」

「朕《ちん》が葉二を欲しくなって、じじさまにお願いをしたときのお顔だよ」

後一条院御在位之時、以蔵人某召此笛。

欲しいといえばどんなものでも揃えて与えてくれたあのじじさまが、笛の一本如きを渋ってなんとも言えぬ顔をするのである。他人には触れてほしくないような、切ないような。それがどうしても許せなくて帝は蔵人に命じて、笛を道長様の屋敷まで取りに行かせたという。

蔵人不知笛名、只はふたつ参らせさせ給へと申すに、入道殿、何事も可承に歯二こそ得欠くましけれ。

しかし蔵人は葉二が笛の名前だということを知らなかった。屋敷についたはいいが、どう切り出すべきか迷った挙句、ただ「はふたつを帝にお渡しください」と言う。道長様はふうん、と鼻を鳴らし「どんな事でも帝の仰せには従うべきだが、歯二つは無くってはちと困るなあ」とのうのうと言ってのけ、蔵人の目を覗き込んでくるから、蔵人は居た堪れぬようになったらしい。

若此葉二の笛歟とて令進給云々と、最後には帝は道長様から葉二を貰い受けたそうだが、帝の小さな腑にはどうも落ちない。

「そんな戯言《ざれごと》を言ってまでじじさまが手元に置いておきたい笛のことを知りたくなってね、色々と調べさせたんだよ。すると、これは博雅三位しか吹けぬもので、そして本当の持ち主は鬼だそうではないか」

その過程で陰陽師、安倍晴明の話が湧いて出た。

「この笛の音、そなたは聞いたことはないのか」

帝の言葉に、小稲は少しだけ額を上げる。

「二度だけ、ございます」

傾いてきた陽の光が蔀の下から漏れていて、小稲はこんな日であったと思い出す。

妖しを追い返した日からしばらく経って、小稲は姫様の遣いで土御門にある晴明様の屋敷を訪ねた。不思議にも紙の擦れる音をさせる唐衣の女に案内され、廊下の終わりに辿り着いたとき、小稲は濡れ縁に座る二人の後ろ姿を見る。

そのお二人の音に、わたしは息を呑んだのでございます。

濡れ縁はたくさんの音で溢れておりました。いいえ、お言葉を交わされていらっしゃるわけではないのです。ただ、晴明様の睫毛の動く音が落ちれば、それを博雅様の衣擦れの音が包み込まれる。博雅様が腕を搔かれる音の隙間に、晴明様の口端がほのかに上がる音が挟まれる。お二人の爪が同時にそれぞれの杯に当たったときなど、わたしは思わず声を上げそうになりました。

重なり合うお二人の音を、ずっと聞いていたいと思いました。

ずっとお二人にはこの濡れ縁にいてほしい。

できるなら、なにかあたたかくやわらかいもので、たとえば陽のひかりとか、赤ん坊の産毛とか、そういうもので、お二人の着物の裾の上に重石をおけたなら、とそう思いました。

博雅様が懐から取り出された笛をそっと吹かれます。

すると、尺取虫がいつの間にやら、耳から飛び出しているのです。右肩で蠢いているので、わたしは両手に乗せました。

　あれほど陰陽師や祈禱師を頼っても出て来なかったものが、このお人が笛を吹くだけで、虫が動くのでありました。

　気付けば、笛は終わっていて、お二人がわたしの手のひらの上の虫を眺めております。

「露子《つゆこ》姫に見せればお喜びになるかな。道満《どうまん》殿に見せると持って行かれてしまうやも」

　存じ上げぬお人らの名前をあげて、博雅様はくすくすとお笑いになる。

「どういたしますか」

　晴明様が聞きます。

「滅することもできますが」

　わたしは尺を見ます。

　これがわたしを人ならざるものにする。

　そのことがわたしを苦しめたこともありました。いえ、今だって苦しめられている。耳を働かせてくれぬときもあります。思うように動いてはくれません。

　でも、わたしは尺が耳の中に住まわって、それこそがわたしなのでありました。

　わたしは、いえ、と晴明様に断って、尺をのせた手を右耳に寄せました。尺はつるりと耳の中に入っていきます。

博雅様は驚かれた顔をして「仲がよろしいのですね」と笑みを浮かべられました。あなたがたに比べたら、と答えそうになって、わたしは口をつぐみました。仲がよろしいとか、そういう言葉に落とし込んでしまうのが大変勿体無いような気がしたもので。

尺を耳に戻した後も、小稲は姫様の側に仕え続けた。

「姫様は最後までわたしに優しくしてくださいました」

姫様は嫁いだ先にまで小稲を呼び寄せたが、三人目の嬰児《みどりご》の産後の肥立ちが悪く、嬰児とともに亡くなった。小稲は姫様のお口から息が吐かれなくなるまで、手を握りしめ続けていた。姫様が小稲を妖しから守るため、握りしめた時の袂の糸が切れる音を、小稲は忘れたことがない。

あの濡れ縁のことがあってから、尺は糖蜜を耳たぶに塗らなくとも、小稲が尺、尺と口の中で名を呼べば、働いてくれるようになった。糖蜜の代わりに酒を塗ると、耳の中で体をくねって喜ぶことも知った。酒を塗ってみたのは、濡れ縁の光景を目にしたからだ。

「みな、あのお二人が好きでございました」

並んでいるお二人を見るのが好きでございました。

「関白様もあの方たちがお好きでいらっしゃったからこそ、そのお手元に葉二を残しておきたかったのではございませぬか」

道長様に問いかけるなどとんだ不敬だと思ったが、先の短い老婆の戯言であるからか、道長様は微笑んだまま何も仰らなかった。

「だからこそ、あの日もいろいろなものが集まっておりました」

ここからはお話しすべきかどうかわかりません、と小稲は一つ言い置いた。

鬼退治の話ではありませんが、ただ話さずにはおられないことでありまして、お聞きになりたくなければ、どうかお耳をふさいでくださいまし。

あの御方が亡くなられたと知ったのは、妖しが教えてくれたからでございました。陽が中天にのぼり、長閑《のどか》であたたかな昼過ぎのことです。転寝《うたたね》をしていたわたしの耳たぶを何かが触るのです。目を開きますと、天井から大きく太い腕が垂れ下がっていて、わたしの耳たぶを弄っております。ゆくぞ、と妖しが言いました。ゆくぞ、ゆくぞ、と続けて、ふうっと一寸の内に消えました。わたしは慌てて家の外へと出ました。すると大路を何やらがわらわらと歩いているのです。

目には見えておりません。ただ、わたしの耳には、それらの足音や身じろぎの音が聞こえて、そうと知れるのです。わらわらと皆一斉に晴明様のお屋敷へと向かっているのです。

目に見えぬ百鬼夜行でございます。真昼間の百鬼夜行でございます。それがなんともおそろしくないのです。耳の虫が大層身をよじるので、わたしも目に見えぬそれらの列に加わりました。ゆるゆると大路を歩きます。犬やらも不思議そうにこちらを見ております。水に濡れた太い尾が地面を引き摺る音がいたします。おろろんおろろんと一際大きな声で泣いている女からは異国の衣擦れの音が聞こえます。琵琶を背負った老法師を追い越すときは思わず耳を塞ぎました。七つの虫が蠢く音が聞こえたので。

大路の脇に座り込んだ老人の前を通ります。ほうぼうに伸びた蓬髪《ほうはつ》で、襤褸《ぼろ》を着たその人は、どこかつまらなそうなお顔をされておりました。一条戻橋の上では、欄干《らんかん》に腰掛ける水干をきた童子と目があいました。赤く色づいたお口からは牙が見えた気もいたしますが、おそらく見間違いでございましょう。

なにやら目に見えないものたちはお屋敷の門にするりと入っていきますが、わたしに門は開きません。しかし、わたしには尺がおります。

わたしは、晴明様のお屋敷の塀に耳をつけました。

初めは誰もいらっしゃらないのかと思いました。あまりに音がないのです。ただ、庭から吹き込んでいる風があるから、晴明様が柱に背を預け、片膝を立てて濡れ縁に座っているものと知れました。息はあるやなしや今にも消えそうなほど微かなもので、衣擦れだって聞こえてまいりません。晴明様の隣には葉二がございます。庭から吹き込む風が笛の穴をなぞってくれるおかげです。杯は二つ伏せられております。こちらも風のおかげでございます。おうおうと妖怪の泣く声が聞こえます。晴明様は身じろぎ一ついたしません。ただ庭を見ておられるようでございました。

「ゆくか」とぽつりとおっしゃられます。

返事はございません。

「ゆくか」とまた、おっしゃられます。

誰におっしゃられているのでしょうか。

どこにゆこうというのでしょうか。

わかりません。わかりませんが、今、お口を閉じられたなら、音が消える。この方から永久《とわ》に音が消えてしまわれる。

そのとき、笛の音が聞こえたのでございます。

鈴虫の体と羽の隙間から、聞こえてくるのでございます。

露草の葉の脈の溝から、家守《やもり》の鼻面から垂れる雨粒の中から、木の幹を割って顔を出す若芽から聞こえてくるのでございます。庭のあちらこちらから音がするのでございます。自然のようなお人でしたから、自然になってしまわれたのでしょうか。わたしが立ち尽くして聞く笛の音に混じるようにして、喉仏の動く音がいたしました。わたしは塀から耳を離してすぐに踵《きびす》を返しました。

晴明様がなにかを仰ったのか、わたしには聞こえませんでした。うめき声を上げたのか、もしかしたらお笑いになったのかも。わたしにはわかりません。

でもその唇が動く音でさえわたしには耐えられないと思ったのです。

足早に土御門のお屋敷を後にしながら、わたしはほろほろと泣いておりました。


「どうして手元にこの笛を残さなかったのだろう」

しんみりとして帝が問われて、小稲は顔を上げる。

「あの陰陽師なら、手元に笛を隠しておくことなどできただろうに」

小稲は答えられなかった。道長様も答えなかった。帝は二人の顔をしばらく眺めてから、「そうか」と呟かれた。それから「よい」と仰った。

「答えなくてよい」

小稲は黙って頭《こうべ》を垂れた。

「朕ではなく持っているべき人間がいるのかもしれないが」

帝は袂で優しく葉二を掬い上げる。

「朕が大事に大事に持っていようね」

葉二はそのまま後一条《ごいちじょう》天皇の御手によって宝物殿に納められ、百年後の堀河《ほりかわ》天皇の御代にまで受け継がれたとされている。

後一条天皇は、世継ぎの皇子を残されることなく、二十九の御年でお隠れあそばした。

藤原道長は、一家三立后を成しこの世の栄華を極めながらも、浄土を渇望し往生した。

小稲は家族に囲まれ、穏やかに死んだ。孫が書き残した日記によれば、小稲が息を引き取ってすぐに尺取虫が耳の穴から這いずり出でて、しばらく小稲の顔の周りを這ったあと、また耳の穴に戻ったという。いくら待とうと出てこなかったので、小稲の体はそのまま茶毘《だび》にふされた。

安倍晴明は、あの濡れ縁で笛の聞こえた日から二十五年生きたそうである。

谷津矢車

博雅、鳥辺野で葉二を奏でること

谷津矢車（やつ・やぐるま）

一九八六年、東京都生まれ。二〇一二年「蒲生の記」で第18回歴史群像大賞優秀賞受賞。二〇一三年『洛中洛外画狂伝　狩野永徳』でデビュー。著書に『蔦屋』『曽呂利　秀吉を手玉に取った男』『三人孫市』『信長さまはもういない』『おもちゃ絵芳藤』『しょったれ半蔵』『雲州下屋敷の幽霊』『ええじゃないか』などがある。

壱

この世の森羅万象が呪《しゅ》なのだ、と口にした安倍晴明《あべのせいめい》は、床上で所在なげにしている空盃に酒を注した。

晴明の横に座り腕を組んでいた源博雅《みなもとのひろまさ》は、盃を取り上げ、首を振る。

「いつものことだが、おまえの話はよう分からぬ」

博雅は盃を舐め、濡れ縁の向こうに広がる庭を眺めた。名もなき草花が競うように生い茂り、その下で地虫が鳴いている。庇の向こうに広がる夜空を見上げれば、曇りなき空の上にぽっかりと浮かんだ月が、なるがままに任せた晴明の庭を照らしていた。幾度ここで酒を酌み交わしたか、いちいち覚えていない。しかし、来る度に毎度新たな貌に出会うかのような心地がしている。

博雅は、酒の表面越しに晴明の顔を窺った。庭と同じく、この男もまた、日ごとに違う表情《かお》を見せる。

盃に映る晴明は薄く笑い、瓶子の口を博雅に向けた。

「そう身構えずともよい。たとえば、この酒だ。酒は人を酔わす性を持った魔性の水よ。これに〝酒〟なる名を与えたことで、人はようやく酒を識《し》った」

酒を受けると、盃の表面に映る晴明の顔が揺らいだ。博雅はなみなみ一杯になった盃を一息に呷った。酒精が胃の腑に落ち、全身が少しずつ温まる。

「納得できぬ。酒という言の葉はないかもしれぬが、人の心を蕩かす水は、名のつく前からあったろう。それに、それが呪とどう関わってくるのか今ひとつ要領を得ぬ」

晴明は己の盃に口をつけた後、続けた。

「おまえの言う通り、人の心を蕩かす水は、名のつく前からこの天地にあった。だが、名のないうちは、酒の魔性も、この心地も、ただ一人で抱え置くしかなかった。〝酒〟なる言の葉を得たことで、我らは〝酔い〟の心地を分かち合うことができるようになったのだ。一方で、酔いという千差万別の出来事を、まったく同じものとして括ってしまうきらいもあるがな」

博雅が小首を傾げたのを眺めつつ、晴明は指を一本立てた。

「たとえば、史書よ。史書に〝酒に酔うた〟と書かれることで、これを読んだ者はその人物がその日酒に酔うたと識り、その人物が感じていた心地を慮ることができる。だがこれは、〝酒〟、〝酔う〟という言の葉あってのこと。我らは言の葉という呪でもって、過ぎ去ったものの実相を識った気になる」

「おまえに文事の心得があるとは知らなんだ」

混ぜ返すつもりで放った博雅の軽口は、晴明に逆手に取られる格好になった。

「文事も呪ゆえな。そうだ、おまえの得意とする雅事も呪ぞ。ただの吐息や風の掠れに意味を見出し並べることで成り立つのが楽器であり、歌なのだからな」

「そんなつもりはなかったのだが」

「おまえの笛は、魔を呼ぶであろう。それが証だ」

博雅はふと、背に冷たいものが浮かぶのを感じた。夜というのに熱い風が濡れ縁を通り過ぎ、瞬く間にその汗を干上がらせた。

晴明も楽しげに酒を呷った後、事もなげに言う。

「おれも、博雅も、帝から町人《まちびと》まで、皆、呪の中に生きているのだ」

「だとするなら、途轍もなくおっかないことではないか。我らは誰一人実相を見ておらぬことになる」

「左様。実相を見ておる者などほとんどいない。だからこそ、人は陰陽師を必要とするのだ。呪でがんじがらめになって誰にも踏み込めぬ域に身を晒し、歪んだ呪を書き換え糺《ただ》す。陰陽師の値は此方にある」

博雅は、横に座る友の姿を己の双眸に収めた。紗の立烏帽子に真白の狩衣姿、歳は大して博雅と変わらぬというのに、二十そこそこの容色を保ったままでいる。残暑厳しい折というのに汗一つ光らぬ、涼しげな細面を眺めるうち、晴明の母親が狐だという宮中の噂も、まんざら嘘ではないのかもしれぬと博雅は心の隅で呟いた。

晴明の細面に、ふと笑みが差した。

「否、陰陽師だけではないな。おまえもまた、歪んだ呪の書き換えができる人間ぞ」

「おれが？　いつもおまえはそうやってからかうが、おれはただの人ぞ」

「ただの人だな。だが、この晴明とてただの人だ」

京の都中に式神なる鬼を配してつぶさに人の暮らしを眺め、持ち前の神通力で以て数々の幽鬼や妖を調伏してきた不世出の陰陽師、それが安倍晴明である。最初、なにかの諧謔かとも思いあぐねたが、目の前の男は冗談を口にする男ではない。博雅が小首を傾げる前で、晴明は続けた。

「ただの人なのだ。帝から大臣、地下人、おれやおまえも、等しく糞袋に過ぎぬ。そこに差があるように感ずるのは、名と身分という呪によってこの都が支配されているからに過ぎぬ」

「口が過ぎるぞ」

酒の席とはいえ不敬だった。さすがに博雅はたしなめたものの、相も変わらず晴明は不敵に口角を上げている。

「呪があるを識る人間は、呪を躱《かわ》すばかりか、書き換えもできる。陰陽師とは突き詰めるとそうしたものだが、おまえの凄いところは、呪の只中にありながら、書き換えのできるところだ。無垢なるがゆえの強さだ」

「けなしておるのか」

「褒めておるよ」

「おまえの褒め言葉ほど信じがたいものはないな」

「残念至極だ」

口では殊勝なことを述べつつも、晴明は顔色一つ変えなかった。

ふと、会話の接ぎ穂が切れた。そんな折、それまで二人の声でかき消されていた音が辺りに浮かび上がった。

庭先を見遣る晴明は、顔をあからさまに曇らせた。

「そんなことより、博雅。一体あれはなんなのだ。先ほどから耳に障って敵わぬ」

喩えるならば、ぎりぎりまで緩めた琵琶の弦を細かく爪弾いておるかのような低音が、間断なく辺りに鳴り響いている。

晴明が顎で示した先、庭の奥の暗がりには、蛮絵の摺紋が大きくあしらわれた墨色の褐衣《かちえ》を身に纏い、細纓《ほそえい》の冠に緌《おいかけ》を合わせる男が二人立っていた。下級の武官そのままの格好に身を包む男たちは、弓を構え、指で弦を引いて手を離し、件の音を立てていた。

「鳴弦《めいげん》だ」

弓の弦を鳴らすことで魔除けとする、それが鳴弦である。

「無論知っている。だが、なぜこんな連中を連れてきた」

「帝がつけてくださったのだ」

「つまらぬな」

晴明が喝を発するや、武官の引いていた弓の弦が同時に切れた。怪し、怪し、と悲鳴を上げた武官たちは、顔から血の気を失せさせつつすごすごと庭から下がっていった。

「鳴弦はただ鳴らせばよいというものではない」

晴明が手を叩くと、奥から女房が姿を現した。いささか古風な襲《かさね》の女房装束に身を包むその女房には、顔がなかった。顔があってしかるべき処には鏡のようにつややかな肌があるばかりで、鼻や目、耳、口といった凹凸が見当たらない。晴明の使役する式神なのだろうと博雅は見た。その女は、黒漆塗りにされた上に藤の枝がきつく巻かれた弓を掲げ持っている。

立ち上がり、弓を受け取った晴明は、先の武官がしたのと同じように弦を少し引いて、手を離した。

その音は、微かなものだった。だが、音が生じ広がるにつれ、辺りの気配に変化が生じた。絡みつくような熱気も、りんりと楽しげに鳴いていた地虫の声も、不気味なまでに黄色い満月の光も、都中を包む死穢の圧すらも、すべてが薙ぎ払われた。

しんと静まりかえった庭を一瞥した晴明は、弓を脇に置き、どかりとその場に座った。

「不穏な香りがするな。おまえ、またなにかに巻き込まれておるな」

「隠していたわけではないのだが、妖に命を狙われているらしくてな」

「穏やかではないな。聞かせてくれ」

「ああ、わかった」

博雅は近頃の怪異について切り出した。

弐

夏の初め、鳥辺野《とりべの》で変事が起こった。

鳥辺野といえば、平安京遷都からこのかた無数の骸《むくろ》を呑み込んできた、鴨川東岸に広がる京の都の奥津城である。殿上人は墓穴を掘って懇《ねんご》ろに弔うが、その日暮らしの者たちは死体に土を少しかければ良い方、中には筵にくるんだだけで原に捨て置くことすら当たり前、晴明や博雅の生きる時代には、死穢が幾重にも積み重なる不浄の地となっていた。

最初に墓荒らしの事実が知られたのは、某公卿の墓がその毒牙にかかったからであった。供え物をするべく某公卿が墓に人を遣ったことで事が露見したのだという。貴顕の者ほど深く墓穴を掘り、死後の侮辱を避ける。某公卿の墓についても例外ではなく、立った人がすっぽり収まるほどの大穴を掘り、その下に遺骸を収めたという。しかし、墓荒らしには無力だった。

この件が知られるや、同様の被害が次々に明るみに出た。他の公卿も噂を聞いて墓に遣いをやったのである。盗掘を避けるべく遺骸の上に厚さ一寸の鉄板を敷いた例《こと》すらあったが、それも破られていた。敷いていた鉄板はひしゃげ、人一人が通れるほどの穴が穿たれていた。人の仕業ではない。さりとて獣の仕業でもない。都の人々が誰からともなくそう噂し合った折、宮中でも事件が起こった。

八月には、釈奠《せきてん》がある。上丁の日、大学寮にて孔子と門人十哲の画を吊るし祀る年中行事である。しかしこの年、一陣の風に煽られ、悉く画が落ちて破損した。紛れもない凶事だった。

——怪しからぬ。

震怒に宮中は揺れ、公卿は慌てて評定を開いた。その場に招聘《しょうへい》した高名な坊主はこれらの怪異が墓荒らしに端を発すると喝破、公卿たちは検非違使の一隊を鳥辺野に送り、怪異の根を断つこととした。

だが、そうして派遣された検非違使の一隊が、鳥辺野に到着する前に総崩れとなったのである。

唯一の生き残りであり、この隊を率いていた火長によれば――

「夜、検非違使の局より出で、鳥辺野に向かう途上。あれは、河原町五条の辺りであったか。そこで、ある童に出会った」

鳥辺野に向かわんと歩いていた検非違使役人の前に現われたのは、水色の童水干に身を包む、年の頃七つほどの少年だった。童子髪に結い、腰にはその小さな体に似合わぬ、武骨な太刀を佩《は》いていたのが瞼に焼き付いていると火長は言う。

怪訝に思いながらも火長はその少年に声を掛けた。夜に一人で出歩いては危ない。早う家に帰れ、と。

しかし、少年はその言葉に応じず、こう述べた。

――腕を寄越せ。

風のように迫った少年が刀の鯉口を切るや、二十人あまりいた役人は、一瞬のうちに半分が血だるまとなった。己、ちくしょう、そう吐き捨てつつ、生き残りは少年に斬りかかっていったが、少年に傷をつけることは叶わなかった。天狗の如く飛び回り、辺りの木の梢や版築塀の上に降り立ち翻弄する。そしてまた地に降り立った時には、全員が地面を舐めさせられていた。火長も足を切りつけられ、部下の屍の下に身を潜めることで剣の暴風をやり過ごすしかなかった。

血霞舞う中、ただ一人返り血一つ浴びることのないままそこにある少年は、血に汚れた太刀を背負いつつ辺りを見回り、死骸の左腕を無造作に次々ともぎつつ、こう呟いた。

——これも違う。あれも違う。

少年はなにかを探しているようだった。もいだ腕を引きずりつつ、次の死体から腕を切り取る。手一杯なのか、口をあんぐりと開けて切り落とした腕を噛み、獣のように持ち上げた。口が塞がっているはずなのに、少年の声はなおも聞こえる。その声は、地鳴りのように低かった。

——これでもない。違う。やはり違う。

少年は口に含んでいた腕を噛み千切り、手に持っていた腕を投げ捨てた。

——やはり、源博雅が左腕でなければいかぬか。

そう口にするや、少年の姿は闇に消えたのだという。

この一件を経て、博雅に護衛がつけられることになったのである。

参

満月を見上げる晴明は小さく唸った。

「ここのところ、やけに嫌な気が充ちていると思うていたが、化外の者が跋扈《ばっこ》していたからであったか。それにしても博雅は、相変わらず化外の者に愛される星の下に生まれておると見える」

「笑い事ではない。検非違使の役人が束になっても敵わぬ相手ぞ」

「それでもおまえはここに酒を飲みに来たのだな」

晴明の口吻はいたずらっぽかった。

だが、博雅は真面目に返した。

「おまえと過ごす時は、一等心地がいいゆえな」

臆面のない博雅の言葉に、却って狼狽したのが晴明である。扇を開き口元を隠し、目を泳がせた。

「竹のような男だ」

晴明は、またわざとらしく咳払いして本題に戻った。

「博雅の左腕が欲しい、か。さぞ値があろうな。なにせ、天下第一の笛を吹きこなす腕であるからな」

「その話を聞いた際、おれの管弦の腕を知った鬼が腕を所望しておるのかと思うたのだが、色々と考えるうちに違う気がしてきたのだ。笛にしろ琵琶にしろ笙にしろ鼓にしろ、楽器は両手で操るもの。右手で革を叩く鼓にしても、左手で調べ紐を握って音色を操っておる。いかな楽器も両の手の息が合わぬことには上手く弾きこなせぬ。左腕だけ欲しいというは道理に合わぬ」

「博雅がそう言うなら、そうなのだろうな」

「だが、管弦のためでないとすると、なぜ例の童がおれの左腕を欲するのか、その道理が見えぬ」

博雅は袖をまくり、己の左腕を露わにした。外出の折には車に乗るゆえ日焼けもせず、余計な肉もついていない。真白な腕の肘に大きな黒子のある、実に平凡な腕である。

晴明は扇を閉じ、その先を顎の下に置いて唸った。

「思いも寄らぬような値が博雅の左腕にあるのかもしれぬな」

困惑のあまり言葉の接ぎ穂を喪った博雅をよそに、晴明は酒を呷った。その時、妙なことが起こった。晴明の脇に置いたままにしてあった弓の弦がひとりでに千切れたのである。その拍子に、弓はけたたましい音を立てて濡れ縁の上で飛び跳ねた。

「これは、あまりよくない」

「どうした」

身を乗り出す博雅をよそに、逆返った弓を拾い上げ、切れた弦に目を細めた晴明は続けた。

「おれの弓の弦を切るか。おまえの左腕を狙う童は、相当強い呪を操っている。どうした呪かは知らぬが、場合によれば、命も危うい」

「おどかすな」

「真のことだ」

どうすればよい、そう聞くよりも早く、晴明はこともなげに言った。

「歪んだ呪は、書き換えねばならぬ。他ならぬ博雅のためだ。ここは、一肌脱ごう」

「ちょっと待て晴明。これはおれの抱えたる厄介ごとだ。おまえに動いて貰うならば、謝礼の一つは払わねばならぬ」

「構わぬよ。常日頃、貰っているゆえな」

晴明は、目を何度もしばたたかせるばかりの博雅に顔を向けた。その顔は、飄々と京の都を眺め、超然と風に身を晒すいつもの晴明の姿そのものだった。

晩夏の満月を見上げながら、晴明は続けた。

「酒を酌み交わす今の一時が謝礼ぞ、博雅よ」

長い付き合いになる博雅にも、晴明の心底は摑めない。だからこそ、この男とずっと酒を飲み交わしているのかもしれぬ――そんなことを博雅は思った。

晴明は無遠慮な博雅の視線に飽いたか、顔を東に向けた。

「話が長くなったな。例の童が出たというは、河原町五条であったか」

「ああ」

目を交わして頷き合うと、二人は床板を蹴って立ち上がった。

肆

例の童が出没《で》たという河原町五条界隈は、土御門《つちみかど》の晴明屋敷の南東にある。御所から離れていることもあってか殿上人の屋敷はほとんどなく、中下級の役人宅や町人《まちびと》の家々が雑然と並ぶ鴨川西岸の町で、すぐ近くに五条大橋がある。清水寺の参道である五条通も近くにあることから昼間は人通りが多いが、深更のこの地は、深い静寂に包まれていた。

役人宅の集まる一角を離れて町人の住む一角に目を遣れば、道にあばら屋が突き出し、軒と軒の間に洗濯紐を渡し、道のど真ん中に竈が設けてある処すらあった。そんな町の在り方はまるで、曇りが日に日に広がる古鏡を思わせた。定規で引かれたような花の都の町並みの中で暮らす博雅からすれば、この辺りからして化外の地同然だった。

前を行く晴明は白い紗の狩衣の袖を夜風に揺らしている。

牛車で行こうと博雅は言ったが、「夜の散歩も悪くない」とうそぶく晴明の翻意はならなかった。おかげで博雅もそれに付き合う格好になり、帝の遣わした護衛ともども、夜の大路に身を晒すことになったのであった。

真黄色の月がぽかりと浮かぶ中、まとわりつくような熱気が辻に籠もっている。博雅がぐいと己の袖で顎を拭いつつ歩みを進めていると、涼しげな顔をした晴明が博雅に振り返った。

「博雅は、この辺りに因縁があるのではないか」

「因縁というと」

「この界隈に住む女を手込めにでもしたのではないかと聞いている」

博雅は気色ばんだ。

「莫迦を言え。管弦の修練に時をかけてばかりで、女に現を抜かす暇などなかったよ」

「言うてみただけぞ。本気にするな」

くつくつと笑う晴明を前に眉をひそめたその時、ある記憶が博雅の中で弾けた。因縁と呼べるほど強い繋がりはない。それに、相当昔のことだっただけに、すっかり忘却の彼方に押し流されていた。

「僅かだが、縁があった。あれは、おれがまだ、若い頃の話だ――」

博雅は日々の残照に覆い隠されていた古い思い出を浚った。

元服を済ませて烏帽子を被り始めた頃のこととゆえ、もう随分前のこととなる。今でこそ笛や琵琶で世に知られる博雅だが、若い頃は己が興味に従い、様々な技芸や技を学んだ。

その一つに、弓があった。弓は不浄、臣籍に降りたばかりの公達には不似合いの業であったが、
魏の驍将《ぎようしよう》、夏侯淵《かこうえん》もかくやの弓使いがおるらしい――

そんな噂を耳にして、居ても立ってもいられなくなった。件の弓使いの住まいである河原町五条を訪ね、弟子入りした。

その師の名は、源六位《みなもとのろくい》といった。

同姓であるが、血のつながりはほとんどない。皇子賜姓の源を名乗りとしていたが何代前の帝から分かれたかもはっきりしないほどで、当代は検非違使の役人にまで零落していた。しかし、出来人だった。武芸者でなければ務まらない検非違使勤めの中にあっても特に弓に秀で、酒をしこたま飲んだ後でも的を外すことはなかった。

初めて弓の演武を目の当たりにした時の驚きは、なおも博雅の胸を揺さぶり続けている。見事な腕前だった。無造作に放った矢が次々に的に当たる様は、まるで的が矢を次々に吸い込んでいくようにさえ見えた。

『若様はたいへん筋がよろしゅうございます』

『すぐにこの六位も敵わなくなりましょう』

六位は口数が少なかっただけに、折に触れて口から転がり出る褒め言葉には格段の重みがあった。十と少ししか歳の違わぬ師に亡き父の影を見ていたのかもしれない。三日

にあげず、博雅は屋敷の修練場を訪ねた。そんな博雅を六位も可愛がった。修練の度につきっきりで弓について教えてくれた。薄く微笑んで「若様はようやく授かったうちの息子と同じしるしをお持ちでござる。恐れながら、我が子が育つを見るようで面白うございます」と述べた六位は、弓のみならず、剣や柔の術までも教えてくれた。

しかし、弓を習っていることが博雅の母の耳に届き、縁を切らされた。

それからというもの、六位の処には足を運んでいない。

博雅が話を終えると、晴明は感心したかのような息をついた。

「若き日の博雅が弓をな」

「よき思い出だ」

今でも弓を引く昔を思い出すことがある。もしあのまま腕を磨いていれば、あるいは管弦の上手たる己はいなかったかもしれぬ。ふと、かつてあった人生の分かれ道について博雅は思った。

「ところで、六位殿はその後」

「風の便りで、十年ほど前に死んだと聞いた」

「ふむ」

曰くありげに晴明は頷く。

「なにか、分かったか」

「陰陽師にも、見えぬものはある」

そう言われると、すべてを見通されているように思えてくるのが不思議だった。

そうして二人、満月に照らされた通りをそぞろ歩いていると――ややあって、影がぬうと伸びるかのように、裏路地から小さな人影が現われた。

博雅が身構えると、護衛がおもむろに前に出た。

現われた人影は、少年だった。童髪に髪を結い、水色の童水干に身を包んでいる。年の頃は七つほどだろうか。その小さな体に似合わぬ長い太刀を引きずるように佩いている。恐ろしく整った顔立ちだったが、なぜか博雅はその顔に違和を抱いた。なぜかは分からない。だが、感じ取った僅かな不安が、博雅にへばりついたまま離れない。

満月を背負うようにして立つ少年は、水干の袖を揺らしつつ、こちらに近づいてきた。その軽い足取りは、さながら舞っているかのようだった。そうして二間ほどの距離に至ったところで、少年はその薄い唇を微かに動かした。

――左腕を置いてゆけ。

そう言い終わるが早いか、少年は消えた。

遅れ、血霞が舞う。刀を抜く余裕すら与えられぬまま、博雅の目の前にいた護衛役の者たちは地面に崩れ落ちた。そんな二人の遥か向こうに、三日月が光っている。いや、違う。血にまみれた刀だった。そう気づいてから目を凝らすと、右手に握る血刀をだらりと下げたまま二つの死体を見下ろす、童水干の少年の姿が像を結んだ。

少年は護衛役の左腕を落とし、余った手で拾い上げた。だが、気に入らぬおもちゃにそうするように、無造作に投げ捨てた。

——これも違う。あれも違う。わしの欲する左腕ではない。

まるで他に人がいないかのように振る舞っていた少年は、ある段になって急に博雅に顔を向けた。整った顔立ちというに、生気がまるで感じられない。博雅はこの時、感じていた違和感の正体にようやく行き当たった。

人は瞬きをし、口元を動かし、小鼻を膨らませ、頰を引きつらせる。たとえ本人が意識していなくとも、いや、最低限に止め置こうと律しても、僅かばかりは揺らぐものである。だが、目の前の少年には、その一切が存在しない。まるで木彫りの仏像を目の当たりにしているかのようだった。美しく、どこか神々しくすらあるのに、人の温かみがまったくない。

少年はこちらに少しずつ歩を進めた。

——左腕を置いてゆけ。

少年の引きずる太刀の切っ先から、血の雫が一滴、また一滴と落ちている。

博雅は心の臓の高鳴りを聴いていた。手の先が痺れる。指をしきりに動かしつつ、刀を抜くべきか、それとも逃げるべきか、頭を巡らせていた。逃げられる気はしなかった。

少年が護衛を斃《たお》した、先の光景を思い出す。

博雅は覚悟を決め、佩いていた太刀を抜いた。

少年は歩みを早めた。

——置いてゆかぬか。ならば死ね。

少年が博雅に襲いかかった。

電光一閃の太刀筋。されど、見えぬではなかった。辛くも防ぐ。

闇の中、火花が散った。

少年の連撃を、博雅はいなす。

これまでほとんど刀を握ってこなかった。己のどこにそんな力が、といぶかしむ博雅であったが、ある一撃を受けた際、腕に走った痺れが頭を揺らし、ある記憶が揺り起こされた。

『若様、どんなに怖くても、目を閉じてはなりませぬぞ。見ること叶えば、必ずや防げます。それをゆめゆめお忘れなきよう』

木剣を肩で背負いつつ笑う直垂《ひたたれ》姿の中年男——源六位の姿が脳裏に浮かんだ。

六位の教授を思い起こしつつ、博雅はなおも少年の切り込みを躱す。

博雅は別のことにも気づき始めていた。少年の太刀筋に見覚えがある。あまり剣の修練をしてこず、楽器ばかり握ってきたこの手で相手の太刀を防げているのは、体に染みついた型ゆえのことだった。

まさか。

そんな博雅の呟きが、かき消された。

博雅の太刀が音を立て、二つに折れた。相手の一撃は捌き、いなすべし。剣の極意は諳んじている。目は衰えていない。だがいかにせん、体がついてゆかなかった。武人としての修練を怠っている博雅に、己の太刀をいたわる余裕《ゆとり》はなかった。

ぎらりと頭上でなにかが光った。それが相手の太刀筋と気づくのに遅れた博雅は、相手のなすがままにされていた。少年はすっと太刀を振り下ろし、博雅の召し物の左袖を裂いた。そうして露わになった博雅の左腕を見遣った少年は、歯を見せた。笑っているのだろうが、そうは見えなかった。子供のものとは思えぬほどに黄ばんだ歯が覗く様は、ただ歯を見せている、としか言いようのないものだった。

――そなたが源博雅か。

少年の問いかけに、博雅は応じた。絶体絶命だった。それゆえに、心が冷え、ありのままに相手に際することが叶った。

「いかにも」

――わしは、なんとしてもおまえの左腕を得ねばならぬ。置いてゆけ。

少年の声音の奥に、深刻な暗がりと切実な感情の吐露を見て取った。だが、折れた太刀の先を少年に向けつつ、博雅は決然と述べた。

「そなたがどういうつもりでおれの左腕を欲しておるのかはわからぬ。だが、おれはまだ、この左腕に用がある。この腕なくば、音曲を奏でることができなくなる。まだ、見てみたいのだ。この両腕の為す道の先を。許せ」

博雅は、この管弦狂いが、と自らを笑った。だが、己の述べたことに一切の曇りがなかっただけに、清々とすらしていた。

それまで無表情だった少年の顔に変化が訪れた。肉の千切れる嫌な音と共に口が蛇の如くに裂け、下顎がだらりと下がった。鼻や耳朶が落ち、白目はどす黒く色を変じていった。

九相図を早回しにしたような変化が博雅の前で繰り広げられている。

崩れゆく少年は、地の底を震わすような声を発した。

――左腕でなければならぬのだ。博雅の左腕でなくば。

――手に入らぬなら、わしの生まれてきた値がない。

――寄越せ。

――博雅、おまえの左腕を寄越せ。

少年、否、少年であったものは、禍々しい声を発した。

博雅が息を呑んだ、まさにその時のことだった。

「お待ちください」

涼やかな声が、辺りの時をも止めた。

博雅が振り返ると、果たして晴明であった。真白の狩衣、そして怜悧な白面は真夜中でもよく映える。そんな晴明の手にはいつの間にか筆が握られていた。晴明の後ろにはぼろをまとった腰の曲がった老人が傅《かしず》き、硯を捧げ持っている。晴明の式神であろう。その者を一瞥して筆先を硯に浸した晴明は、少年であったものに恭しく頭を下げた。

「博雅様に代わり、お答えしましょう。博雅様の腕は、天下一の呪を生み出す宝。貴殿の願いとでは釣り合いが取れませぬよ」

少年であったものから、鼻をつく臭いが漂ってきた。博雅は口に手を当てる。胃の腑がぎりぎりと締め上げられているかのような心地に陥る。

――死にたいか、陰陽師。

地の底から響くかのような声にも怖じず、晴明は少年であったものに悠然と歩みを進める。ひらりと狩衣の袖を揺らしながら。

「陰陽師の呪は永遠のものなれど、実相であるわたしはこの世に未練がありますゆえ、謹んでお断りいたします」

――死ね。

少年であったものは、右腕の形を変えた。まるで猛禽の足のような形に。秋水の如く冴え渡る爪を光らせた少年は、月明かりの中、さながら梟のように跳梁し、晴明に迫った。

しかし、晴明は冷笑で以て応じた。

晴明の動きは、さながら神楽舞のようだった。ふわりと袖を熱風に浮かせ、相手の一撃を躱すと、横一閃、すれ違い様に筆を振るった。

少年であったものはしばし動かなかった。だが、ややあって、ふるふると肩を震わせ始めた。

――おお、おお……。これぞ、わしの探していた左腕ぞ。

そんな述懐と共に、化物は元の姿を取り戻した。童水干に身を包む少年に戻ったそれは、その双眸から涙を流し、宝物でも眺めるような目で己の左腕をまじまじと眺めている。

博雅は晴明に駆け寄った。

「なにをしたのだ、晴明」

「ああ。あれを」

促されるままに少年を眺めた博雅は気づいた。少年の左腕、肘の辺りに、青い点がついている。さながらそれは黒子のようだった。

「あの青は、桔梗の花を潰して得られる。桔梗は邪を払うと言われているが、実のところは違う。平たく言えば、我らの実相と、呪の橋渡しをするものなのだ」

平たくと言い条、晴明の説明は今ひとつ要領を得なかった。小首を傾げる博雅に気づいたのか、晴明は短く笑い、筆先を博雅に突きつけた。

「指を出せ」

「こうか」

言われるがまま差し出した博雅の手に、晴明は筆先を滑らせた。博雅の人差し指と中指が深い青に染まった。

「両手の人差し指と中指を十字に組んで菱形の窓を作り、そこからあの者を覗いてみるといい」

言われたとおり、博雅は小さな菱形の青い窓から覗き込んだ。

博雅は絶句した。

鼻をつく悪臭が博雅の胃の腑を突いた。

そこに、少年の姿はなかった。

あったのは、人の形をしたなにかだった。

泥にまみれた縄や筵で人の形を整えているに過ぎなかった。七つあまりの少年と見えていたのに、菱形の窓ごしに見たそれは、身の丈七尺に届かんばかりの巨軀《きょく》を折り曲げて立つ化物だった。赤黒い液が体中から滴り、足下に染みを作っている。黒く変じた肌には絶えず蠅がたかり、腐れかけた肉の間からは、蠢く蛆と共に真っ白な骨が覗いている。さらに子細に眺めるうち、あることに気づいた。右手と左手、右足と左足。本来は対になるはずの部位が、ちぐはぐだった。右手は左手よりも極端に長く、肉が多かった。右足は左足よりも細く引き締まっている。

「死体をかき集めて作られた、人形なのであろう」

晴明の言葉が殊更に響いた。

「死者を生き返らせたということか。反魂の法か」

いつぞや、外法の陰陽師、蘆屋《あしや》道満《どうまん》が披露した術のことを博雅は言った。あれは、死人を復活させるという、世の摂理をねじ曲げる陰陽道の秘術であったはずだ。

晴明は小さく首を横に振った。

「反魂の法は、幽世の魂を現世に引き戻す術。かのように死体を動かす術ではない」

「ではあれは」

「広く知られた術だ。あまりにも洗練されておらぬがゆえ、別物に見えるというだけのことだ」

どういうことだ？

心中で呟きつつ、博雅は手を下ろした。黒々とした肉塊は消え失せ、水色の童水干を着た少年の姿が眼前に蘇った。嫌というほど漂ってきた死臭すらも止んだ。

晴明は前に進み出、左腕を眺めつつ笑みをこぼす少年に低頭した。

「貴殿の望みは叶えました。恩着せがましいことを申し上げるつもりはございませぬ。が、なぜ、博雅様の腕を欲したのか。その理由をおうかがいしとうございます」

すると少年はこくりと頷いた。その仕草は、あどけない子供のそれだった。そして、くるりと踵を返し、大路を歩き始めた。

少年の跡を追いかけしばし進むと、ある屋敷の前に誘われた。博雅はその風景に見覚えがあった。源六位の屋敷前だった。

門を見上げた博雅は、胸を押し潰されるような思いに駆られた。

かつては質素ながらも手入れの行き届いた屋敷だった。だが、月明かりに照らされたそこは、すっかり荒れ果てていた。左に傾いだ門をくぐると、飛び石を蔽わんばかりに茂る雑草が庭一面に広がっている。茅葺き屋根はしばらく葺き替えていないのかびっしり苔で蔽われており、屋根が落ち、洞の覗いている一角もある。屋敷の土壁もところどころ剝がれ落ち、竹の骨組みが露わになっている。破れ屋そのものの姿だったが、屋根からはもうもうと白い煙が上がっている。火の気がある、つまり、人が住んでいる。荒れ果てた屋敷に不似合いな竈煙《そうえん》を博雅は目を細め見上げた。

少年は南の庭に面した濡れ縁に上がり込むと、後ろに続く博雅たちに振り返り、顎をしゃくった。博雅は履き物を脱ぎ、しばし雑巾がけもされておらぬのだろう濡れ縁に降り立った。蔀戸《しとみど》を開いて部屋の中に入りしばらく進む。すると、奥の間では二つあまり光が灯っていた。紙燭であった。その明かりの傍で座る一人の影に気づいた。

女だった。尼削ぎにして肩ほどまでに切り揃えられた白髪は飼葉のように水気を喪っている。質素でくすんだ着物を纏い、左手には黒数珠を巻いている。そんな女は一心不乱に文机に向かい、なにかを書きつけている。どうやら、経文を書き写しているらしい。ややあって、女は博雅たちの足音に気づいたか、振り返った。

その顔に、博雅は見覚えがあった。最後に見えて随分経つ。時の流れは残酷なまでに女から瑞々しい若さを奪い取っていたが、目から鼻《まみ》にかけての作りは同じだった。

「奥方殿、ご無沙汰いたしております」

源六位の妻女だった。六位について弓を学んでいたみぎり、休憩の時分になるとふかした芋や果物でもてなしてくれた、優しい人だった。あの慈愛に満ちた面差しの片鱗が、目の前の老女に残っていた。

老女は博雅を前にしても、目をしばたたかせているばかりだった。見知らぬ相手に面食らっている風ではない。むしろ、博雅たちのことなど最初から見えておらぬかのようだった。掠れた声を上げげつつ立ち上がった老女はその拍子に文机を倒し、経文を床にぶちまけた。だが、経文を踏みつけつつ博雅の脇をすり抜け、少年にすがりつくかのように抱きつき、その場で頽れた。

「おお、おお……、薬王丸《やくおうまる》、戻ってきてくれましたか。そなたが帰ってくるのをどれほど待ち侘びていたか」

童水干の裾にしがみつき、口からよだれを流し髪を振り乱す女の目に、温かなものが灯っている。

老女の後ろ頭を愛おしげな手つきで撫でた少年が口を開いた。

——わしは、母に造られた。

どういうことでしょう、と穏やかな声で晴明が問うた。すると、少年はこの世のものならざる声で続ける。

——わしが生まれたのは、この春のことだった。目覚めたときには、この屋敷にいた。わしは最初、魂魄《こんぱく》のみの存在であった。だが、なにをするべきか知っていた。己を造った母の願いを叶えねばならなかったのだ。

晴明が促すと、少年はさらに言葉を重ねた。

——母の願い、それは、子の薬王丸に帰ってきて欲しいというものだった。薬王丸は七歳の折に流行病で死に、鳥辺野に葬られた。わしは鳥辺野に飛び、死体を探した。幸いにも、犬や狼に掘り返されてはいなかったが、骨しか残っていなかった。ゆえに辺りを掘り返し、薬王丸の骨に腐肉を括り付けて、人の形を為したのだ。

ところが。少年は顔を歪めた。

——わしを見るなり母は怒った。『薬王丸の左肘には大きな黒子がある。そなたは薬王丸を名乗る偽者じゃ』となＯ確かに、わしの左腕——わしのかき集めた死体から得られた左腕——には、黒子がなかった。

晴明は顎に手をやった。

「なるほど、そういうことか」

晴明の嘆息をよそに、少年は言葉を重ねる。

——わしは、鳥辺野の墓を暴いて肘に黒子のある左腕を探した。だが、どうしても見つからなんだ。そんな折、わしは母の独り言を聞いた。『かつて家に参っていた源博雅様には、薬王丸と同じ黒子があった。あのお方は、過去世より縁あるお方なのかもしれぬ』と嘆じておられたのだ。この時、わしは思いついた。博雅から、左腕を奪えばよいとな。

「それで、貴殿は博雅様を狙っておられたのですね」

晴明の問いに、少年は頷いた。菩薩のように目を細め、乱れた老女の髪を撫でつつ。あまりに穏やかな笑みを浮かべていたことに、博雅は震えた。

——だが、その必要はのうなった。そなたのおかげで、母はわしを薬王丸と認めてくれた。これでわしは、己の天命を果たすことができる。礼を言う、陰陽師。

少年はもう、晴明に向くことはなかった。なおも泣きじゃくり続ける老女を見下ろし、薄く微笑んでいる。

　博雅は晴明に問うた。

「一体、これはなんだったというのだ。おれにはさっぱり事情が摑めぬ」

「では、話すとしよう。まず、あの子供は、あの老女と源六位の間の子ではない、というところは呑み込めておるか」

「お二人の子息、薬王丸殿の魂ではなかったのか」

「あれは、式神のようなものだ」

「式神？　あれがか。おまえのものと随分違うではないか」

「〝のようなもの〟だ。あの子供自身が『母に造られた』と言っておったろう。あれは、源六位の妻女の願いが生み出した、外法の式神よ」

　式神は大きく分けて二つある、そう晴明は言った。一つは、妖を呪法で隷属させる法、もう一つは、己の魂を打ち欠いて実体化させる法だという。前者は術者の負担こそ少ないものの、離反の虞《おそれ》が常にあり、随意に用いることができぬ弱点があるという。一方の後者は、文字通り己の手足同然に動かすことができる。

「生き霊のようなものか。しかし、なぜそんなものがおれの腕を」

「それがそのまま己の主の願いに繫がるからだ。魂を打ち欠いて造った式神は、主の命令に従わねばならぬのだ」

主の願いに従って墓を掘り返して己の体を作り上げ、肘に黒子のある左腕を探し求めていた式神の姿を思い浮かべた博雅は、これまでとは違う感興を抱き始めていた。

晴明は瞑目し、枯れ木のような腕で少年を抱きしめる妻女を眺め、息をついた。

「……あの妻女殿も、長くあるまい」

「どういうことだ、晴明」

「魂を打ち欠いて造る式神は、術者への負担が大きい。陰陽の道に入った人間ならば、己の命を食わぬよう、小さく小さく式神を造るよう躾けられる。だが」

晴明は細い息をついた。

「妻女殿は陰陽道の嗜みなく、ただ、身を裂かんばかりの願い一つで、あの式神を造り上げてしもうた。妻女殿は狂を発している。箍《たが》が外れているのだ。その結果、己の魂をも食ってしまわんばかりの式神を生んでしまった」

思えば、六位の妻女は老女と呼ぶべき齢ではないはずだった。

博雅は、晴明の肩を掴んだ。

「なんとかならぬのか、晴明」

「あの式神を祓えば妻女殿も命を永らえようが、あれは強い。この晴明をもってしても、腕の一本はくれてやる覚悟をせねばならぬだろう。検非違使から人を遣わせ、退治せんとしても手痛い犠牲を払うことになろうな。いずれにしても、割に合わぬ」

菱形の窓から目の当たりにした、かの式神の本体を博雅は思い出した。見かけは童子だが、実際には牛と見紛うほどの体格だった。晴明の言う通り、祓うには相応の犠牲が要るだろうことは容易に想像がついた。あの者は、検非違使の一隊をも既に破っている。

「それに、祓ったとて、どうなる」

晴明の口ぶりに、深い翳りが加わった。

「あの式神を祓えば、残るのはただ、たった独り、この世に取り残された老女のみ。誰も救われぬ」

「妻女殿は幻に取り込まれている。幻は救いにならぬだろう」

晴明は俯いた。影が晴明の顔を覆い、表情を隠した。

「本当にそう思うか？　昨今、殿上人はしきりに寺を建て、阿弥陀仏への帰依を唱えている。そしてその見返りに、極楽浄土への階《きざはし》を得たつもりになっているが、あれもまた、まやかし、幻の類ではないのか」

「突然なにを言うのだ」

「いや、根で繋がっている。極楽浄土や阿弥陀仏を目の当たりにした者は誰もおらぬ。だが、我らはそれらのものを信じておる。なぜか。信じようとしているからだ。この世の向こう、死の向こうに別の世が広がっておるのだと」

「人は、信じたいものを信じるということか」

晴明は目を細め、大きく頷いた。

「それこそが呪なのだ。人は、信じたいものを信じて生きている。禁裏、身分、財物、地縁、血縁。そういった実体のないもので己を鎧い、生きているのが人なのだ」

二人の間を分かつように、一陣の風が吹き抜けた。その風は湿り気を孕んでいた。

「あの妻女と我らの間に、違いはさほどない。ただ、あの妻女の作り上げた呪が、誰にも理解されぬだけだ。だが、本人がそう望み、世間に仇を為さぬのであれば、放っておくしかない」

「あの式神は何人もその手に掛けている。償いをさせねば」

「言うたろう。妻女殿は、式神に命を喰らわれている。生きたまま命喰わるるは、激痛を伴う。その激痛に耐えてまで、妻女殿は己が子に見《まみ》えたかったのだ。もはや、償いなど望むべくもない。妻女殿に、生者の声は届かぬ。それほどまでに、彼岸におるのだ」

なおも食い下がる博雅を、晴明は己の言葉で押し留めた。

「呪は人を損なう。今、この世を包んでいる呪とて、人の手足を縛め、ときとしてその下にいる者を磨り潰す。それがいいものか悪いものか、おれには分からぬ。だが、呪なくば我らは獣に堕ちる。我らにできることは、時々に応じ己にとって都合のよい呪を選び取り、このままならぬ世を生きることだけなのだ」

博雅が黙りこくる前で、晴明は続けた。

「妻女殿にとって、この世は途方もなく苛烈だった。己の魂を打ち欠いて異形の者を造らねばならなかったほどにな。だが、おれには、妻女殿を救う呪を与えることはできぬのだ」

「おまえにも、できぬのか」

「ああ。できぬのだ……」

博雅たちは老女と外法の式神の姿をずっと眺めていた。老女は、屈託のない笑みを浮かべている。その目は虚ろで、もはや現を映じてはいない。菱形の窓を覗き込めば、怖気の走る光景がそこにあるはずだった。だが、博雅はそうしなかった。手を取り合い、穏やかに微笑み合う母子の姿は、確かにこの場においては真に他ならなかった。

もはや、博雅にも、為すべきことはなかった。

「帰ろう」

博雅は言った。だが、晴明は首を振った。

「まだ、やるべきことが残っている」

晴明はくるりと踵を返した。

晴明が足を向けたのは、鳥辺野だった。

夜の鳥辺野には火の気がまったくなかった。ただ月明かりだけが足下を照らしている。

か細い道の左右には荒れ果てた原が延々と広がっている。月明かりに浮かぶ原は、雪が降りしきったかのように真っ白で、今が夏であることを忘れてしまいそうになった。だが、目を凝らすうちにその実相に気づき、博雅は顔の血の気を喪った。足下にはどこのものなのか判然とせぬほどに細かくなった骨や、真っ暗な目をしたしゃれこうべが散乱している。不思議と野犬や狼の類いはほとんどいなかった。遠巻きに光る双眸を見ることはあっても、すぐに闇の向こうへと消えていった。

前を歩く晴明は、香炉を掲げ持っている。紫色の煙が湧き起っては不浄の地に溶けてゆく。そんな中、鳥辺野の丁度真ん中に位置する場所で足を止め、ふわりと踵を返した。

「博雅に頼みたいことがあるのだ」

「おまえが頼み事か」

「笛は持っておるか」

「もちろん。肌身離さず」

言われ、博雅が懐から取り出したのは、名品の横笛にして博雅の分身、葉二《はふたつ》である。笛を勇ましげに取り上げた博雅の稚気を笑うかのように、晴明は口角を上げた。

「ここで吹いてくれぬか」

博雅と晴明の間に、夏の夜風が吹き抜けた。

「どうしてだ」

晴明はその顔から笑みを消した。

「源六位の妻女によって、京の都を覆う呪が乱されている。式神が、この地を荒らしてしもうたがゆえにな。呪の乱れはやがて大きな災厄を生むに至る。その前に、この地の騒擾《そうじょう》をおまえの呪で鎮めて欲しいのだ」

博雅は口から泡を飛ばした。

「そんなこと、できるはずがあるまい。おれは陰陽師でもなければ、呪のなんたるかも知らぬのだぞ」

晴明は譲らない。

「呪は、人が思いもよらず用いているもの。陰陽師は呪を意のままにする者ぞ。されど、呪のなんたるかを識らずとも、呪を書き換えることのできる者がいる。京を見渡しても、それができるのはおまえを措いて他にはないのだ、博雅」

「また、おれを担ごうとしておるな」

「おまえを担ごうとしたことは、これまで一度もないよ、博雅」

冷ややかに言われてしまっては、もはや、博雅にも継ぐべき言葉が見つからなかった。

博雅は、葉二を手に、道の真ん中に立つ。

辺りを見渡した。さっきまでは不気味に感じていた辺りの風景も、葉二を握ってからでは、明鏡止水の心地で眺めることができた。同じ風景、同じ場にいるはずなのに、心の在り方が違えば見え方まで変わる。その不思議を思いつつ、博雅はおもむろに己の唇を葉二の吹き口に近づけた。

博雅の心中には懼れや不安が次々に泡となって弾けていた。これまで数多くの大舞台で楽器を奏でてきた。だというのに腰が引けている。こんなにも身の置き場が定まらぬのも、博雅からすれば珍しいことだった。笛は臍下丹田《せいかたんでん》で気を練ることよりすべてが始まる。気がそぞろでは、体に気を充たすことができない。

博雅の心中に弱気が広がる、その時だった。

遠い昔に際した言葉が耳朶に蘇った。

『心が乱れておるなら、その心のままに射ればよろしいのです』

源六位の声だった。

博雅の意識が過去へと飛ばされた。

あれは弓通いが母に露見し、六位に別れを告げたときのことだった。驚かれるかと思っていたのに、六位は実に泰然としていた。今にして思えば、こうなることを予見していたのかもしれない。不浄の術である弓術を、公卿が修める道理はなかった。残念と口にする六位の顔には、なんの感情も浮かんでいなかった。

若き日の博雅は、もうここには来ることができぬ、ただそれだけのことを述べた後、ずっと下を向いていた。手を強く握り、肩を震わせている。

六位は博雅の肩を摑んだ。その大きくごつごつとした手は、まさに武人の手だった。

「源六位最後の教授でございます。若様。よう聞いてくだされ。弓を引くときには、心を静めるようにと口を酸っぱくして申し上げました。が、いつでもどこでも心を静めることなどできるはずがありませぬ」

「六位でもか」

「かつて、お役目で賊の退治に出ました折、卑怯討ちをされました。その際には、頭が真っ白になりながら、めったやたらに弓を引いたものでした」

六位は肩をすくめた。

「人は弱いもの。なにかあらば、いかな勇者とて怯懦《きょうだ》の虫が騒ぐもの。だからこそ、心が乱れておるなら、その心のままに射ればよろしいのです」

六位は薄く笑う。

「弓には型があります。管弦の道にも型はあるのでしょう。困ったときには、師から受け継いだ型に立ち戻ればいいのです。さすればいかなる時でも、堂々と振る舞うことができましょう」

六位は力強く、博雅の背を押した。

「若様は管弦の道に進まれるとか。ならば、その両の腕《かいな》で、わしの弓の道を超えてくだされた」

甘い匂いに包まれた過去から、死臭漂う今に戻った。

博雅は葉二に口を沿わせた。

間抜けな第一音が立ち上がった。普段の博雅ならばあり得ぬしくじりだったが、今は赦した。

博雅の心は千々に乱れている。

死んだ子を生き返らせようと己の寿命を削り外法の者を造った母。

己が外法の産物であると知りつつ、死体を切り貼りして母の期待に応えんとした子。

二人のために死後も辱められた者たち。

そして、そのために殺された者たち。

誰も報われぬ。この世に神仏はないのか。

そう叫びたくもなる。

博雅もまた力なき衆生の一人だった。誰かを救い上げることなどできるはずはない。

それができるのは、神仏と呼ぶべき存在であろう。力なき我が身なれど、せめて、ただ一するとなんの役にも立たぬ管弦の道でもって、救われぬすべての者を慰めよう。一夜の慰めとなって、横に居続けてやろう。そう心定めれば、博雅の怯懦の虫は静まった。

先ほどまで凍りついていた両の指は動き始め、死の気配みちた鳥辺野の原に、葉二の清冽な音色が響き渡った。まだ、己の音色に迷いがあった。しかし、惑うのもまた己自身だった。かつての師の言葉に従い、葉二を鳴らした。

源六位殿、おれは、弓の名手となり得たかもしれぬこの両の腕で、管弦の道を拓く。

心中でそう唱えた博雅の目から、ひとしずくの涙が流れ落ちた。

靄《もや》が、葉二の嫋々とした音色で薙ぎ払われてゆく。終盤に差し掛かる頃には、博雅の内にはどこか寂しげで飄々とした風が吹き渡っていた。

かくして、一曲、吹き終えた。

辺りにはなおも死穢が満ちている。

薄く微笑む晴明を前に、博雅は首を振った。

「ひどいものを聴かせた」

「そうでもない。おまえが一番分かっておろう」

晴明に言われ、博雅は辺りを見渡した。

もう、鳥辺野の原には粘り着くような邪気は失せ、冷涼な風が吹き渡っていた。あるのは、生老病死の果てにある人の摂理だけだった。

これが、晴明の言う〝呪を書き換える〟行ないなのだろうか。そんなことを思った博雅だったが、あえて口にしなかった。もし問い質そうものなら、『博雅はまことに大した男だ』などと、心にもないことを言い出して煙に巻いてくるだろうことはこれまでの付き合いでよく分かっていた。

そんなことより、博雅は一つ、先ほどからずっと気になっていたことがあった。

「晴明、一つよいか」

「なんだ、藪から棒に」

「おれの気のせいかもしれぬが、今宵はいつもとなにかが違う気がするのだ。僅かなものだが、なにかが取り返しもつかぬほどに違う。そんな気がしてならぬ」

すると晴明は、目を大きく見開き、ぽかんと開けた口を扇で隠した。

「やはり、おまえは大した男だ」

「だから心にもないことを言うなとあれほど」

本心ぞ、と釘を刺した晴明は扇を畳み、その先で自らの下顎を撫でた。

「呪が、我らの実相を元に紡がれたものだということは分かるか」

「ああ」

「〝紡がれた〟ものであるということは、誰かが紡いだものである、ということでもあるな」

「呪は降って湧くものではなく、何者かが造り出したもの、ということか」

見事、と述べた晴明は続けた。

「実相と呪は双子ぞ。呪の紡ぎ手によって呪の形は大きく変わり、呪の紡ぎ手によって我らの在り方も変わる。実相が呪を形作る反面、呪が実相を喰らうこともある。おまえが感じておるのは、今宵の我らがいつもと異なる呪によって紡がれているがゆえのずれよ」

「なにを言うておるのだ、晴明」

「独り言のようなものぞ。のう」

晴明はこちらに扇の先を向け、冷たく笑った。

晩夏の満月は、なおも天上で輝いている。

その年の冬、河原町五条の一角、故源六位の屋敷で死体騒ぎがあった。

屋敷の奥の間で見つかった死体は、六位の妻女のものだった。死んだのが冬であったこと、屋敷に出入りしていた行商人が気に掛けていたがゆえに妻女の死体は綺麗な形で見つかり、すぐに身元が明らかになった。着衣に乱れなく、部屋を物色された様子もなかったことから、病で死んだものとされた。

面妖なことが一つあった。それは、妻女の死体に覆い被さり、さながら寒さから守っているような形で見つかった、子供の白骨死体の存在だった。そもそも身元が分からない。六位と妻女の間に子供はあったが、六位よりも先に死んでいる。それに、妻女の上に白骨死体が覆い被さっていたということは、妻女が息絶えた後、白骨がその上に乗ったことになる。順序がおかしい。
白骨が動いたのではないか。そんな噂が宮中で囁かれるに至った。
怪異譚を好む某公卿が、安倍晴明に見解を求めた。
ところが晴明は、
「現世は不思議で充ちておりますね」
と述べ、薄く微笑むのみ。絵解きすることもなかったという。

上田早夕里

井戸と、一つ火

上田早夕里（うえだ・さゆり）

一九六四年、兵庫県生まれ。二〇〇三年『火星ダーク・バラード』で第4回小松左京賞を受賞し、デビュー。二〇一一年『華竜の宮』で第32回日本SF大賞を受賞。SF以外のジャンルも執筆し、幅広い創作活動を行っている。著書に『魚舟・獣舟』『リリエンタールの末裔』『深紅の碑文』『薫香のカナピウム』『夢みる葦笛』『破滅の王』『リラと戦禍の風』『ヘーゼルの密書』などがある。

一

永享《えいきょう》十一年（一四三九年）。

足利義教《あしかがよしのり》が、室町幕府の征夷大将軍であった時代。

播磨国《はりまのくに》（現在の兵庫県南部）、三宅《みやけ》の近く構《かまえ》という土地に、燈泉寺《とうせんじ》という名の寺があり、その近くに、寺と縁《ゆかり》を持つ薬草園がひとつあった。

園内の畠は一反ほどで、敷地内には草庵も置かれていた。

燈泉寺で修行して僧となった呂秀《りよしゆう》は、この年から、寺には留まらず、貞海和尚《じようかいわじよう》の命により、薬草園をあずかることとなった。

ある、ひんやりとした秋の早朝――。

呂秀は、僧衣ではなく藍染めの野良着をまとって畠に出た。

柔らかな陽の下で、女郎花《おみなえし》や一枝黄花《いっしおうか》が、鮮やかな黄色の小花を咲かせていた。いずれも、漢薬となる草木である。

薬草の育ち具合をよく観察し、そっと触れると、呂秀は、うら若い面立ちに穏やかな笑みを湛《たた》えた。どの薬草も、夏の暑さに耐え、よくがんばってくれた。充分な収穫を期待できるだろう。

女郎花は、煎じれば解毒や排膿に効く。

一枝黄花は、頭や喉の痛みに効く。

既に花が終わった瞿麦《くばく》の種や桔梗の根などは、草庵で検分が進められているところだ。

草庵には、三年前から、兄の律秀《りつしゅう》も暮らしている。僧である呂秀と違い、律秀は薬師《くすし》で漢薬に詳しい。呂秀の務めは、兄の作業を手伝うことだった。

薬草園で育てているのは、大陸から伝わった漢薬の原料となる植物である。

日本古来の伝承薬は、ひとつの症状に対して一種類の薬草を用いる。

いっぽう漢薬は、多数の薬草を組み合わせ、お互いの効果を引き出す特徴をそなえている。

漢薬の原料は「生薬《しょうやく》」と呼ばれ、植物だけでなく動物や鉱物まで含めると何百種類にも及ぶ。ここで作られているのはその一部だ。

そして、ふたりだけで広い畠をあずかるのは難しいので、ときどき、近くの農人《のうにん》に手伝ってもらっていた。

収穫した薬草は、良質なものを選別し、丁寧に洗い、陰干しする。そのあとは、虫がつかぬように薬箪笥に収める。

種類ごとに分けた生薬は、律秀自身が使うだけでなく、燈泉寺の療養院や、北の山にある廣峯《ひろみね》神社に納められる。それぞれの場所で、知識を持つ者に使ってもらうためだ。

漢薬は、生薬の組み合わせ方や分量に細かい決まりがある。『和剤局方《わざいきょくほう》』などの医書に記されている通りに、きちんと方《ほう》じねばならない。薬師が勝手に決めた配合では効かないのだ。個々の生薬を加減する場合にも、医書の記述通りに分量をはかる。

このように複雑な知識を求められるため、漢薬の薬師になれる者は限られていた。呂秀の兄である律秀は、これらを完璧に覚え、用いることができた。

いっぽう、呂秀は、医術に関してはまるで才能がなかった。できるのは、薬草を育てることだけである。

だが、土の豊かさを保ち、毎日水やりをかかさず、葉や実を食い荒らす虫を取り除き、陽あたりの具合や野分による害を心配する——こういった地味で根気のいる作業は、呂秀の気質にとても合っていた。

人の世はあまりにも騒がしく、呂秀にとっては、できれば避けて通りたいものだ。物言わぬものと向き合っていると、静かに心が落ち着いてくる。

朝一番に起き、農人たちが来るまでに畠を見まわり、ひとりでやれる作業は先に済ませておく。これが日課だ。

草木の育ち具合を確かめ、枯れた茎や葉をよけていく。またたくまに陽は高く昇り、農人が薬草園を訪れる時刻となった。

門をくぐってきた農人たちと挨拶を交わしているうちに、ちょうど人々のあとを追うようにして、燈泉寺の僧、慈徳《じとく》が園内に入ってきた。

身の丈六尺もある慈徳は、どこにいても目立つ。寺では小坊主たちのまとめ役を担っており、日頃から厳しい雰囲気を漂わせているが、見かけよりも心根は優しい。そして、僧の身でありながら、盗人を見つければ棒をふるって捕らえ、惣村《そうそん》の若衆に突き出してしまうほどの豪傑でもあった。その慈徳が、今日はさらに眉根を寄せて、悩みを抱えた面持ちで歩いてくる。慈徳がこのような様子で訪れるのは、決まって、特別な頼み事があるときだ。

――いつもの、あれだな。

呂秀は満面の笑みを浮かべ、畠から離れて門のほうへ近づいていった。慈徳がこちらに気づくと、丁寧にお辞儀をした。「ようこそ、おいで下さいました。今日はどのような御用向きでしょうか」

慈徳はすぐに応えた。「律秀どのは、おられるか」

「兄なら、刈り入れた薬草を検分しております。ご案内いたしましょう」

だが、草庵に入ってみると、そこに律秀の姿はなかった。

筵《むしろ》の上には整理された薬草が並んだままだ。手をつけていないものもある。どこかへ出かけたようだが、書き置きの類いはない。

呂秀は慈徳に言った。「待っていればいずれ戻りましょうが、先に、私がお話をうかがっておきましょうか」

「そうだな。律秀どのは、いったん出てしまうと、いつ戻るかわからぬ方ゆえ」

慈徳は草庵の奥へ通されると、板張りの床に敷かれた置き畳に腰をおろした。呂秀が「白湯《さゆ》をお持ちしますので」と告げると、片手を挙げてそれを断った。「いつものことだ。気をつかわなくともよい」

「しかし、和尚さまの代理で来られたのでしょう。粗末なものしかございませんが、多少はおもてなしを」

「いや、いいのだ。こちらこそ、たびたび迷惑をかけて済まぬ」

「お気づかいは無用です。和尚さまからのご依頼は、兄にとっても私にとっても、本来の仕事のひとつですから」

呂秀は、鉄瓶を囲炉裏にかけて湯を沸かし、湯のみに注ぎ、慈徳の前に置いた。

それから自分も床に腰をおろし、姿勢を正して、訊ねた。

「さて、このたびは、どのような物の怪《もののけ》が現れたのでしょうか」

二

「今日は、物の怪、あやかしの類いの相談ではないのだ」と慈徳は応えた。「燈泉寺の井戸に妙な噂が立ってな」

「噂、ですか」

「あの井戸は、そなたもよく使ったであろう」

「はい、お寺で修行させて頂いたときに」

「あれに『見る者の吉凶を映す鏡だ』という噂が立ってな。それを確かめようとして、村人が押し寄せているのだ」

燈泉寺の井戸は、寺に住む僧や小坊主が日々の暮らしに使っている。特に変わった謂われもなく、怪しい出来事も起きていない。

ところが、秋口から、この井戸に奇妙な噂が立ったという。

燈泉寺の井戸を覗《のぞ》いて水面に自分の顔が映ったならば無病息災、何も映らなければ覗いた本人が三年以内に死ぬ――という、なんとも物騒な噂であった。

寺の僧たちは、日々、井戸の水位や濁り具合を確かめ、水を汲みあげている。異変があればすぐにわかる。皆が何もないと言っているのであれば、本当に何もないのだ。

ところが、噂を信じた参拝客が井戸に押し寄せた。小坊主たちは困り果てているという。皆、井戸を、掃除や洗濯や食事の支度に使っているのだ。人々を追い払い、吉凶を占えるという噂は本当なのかと問われれば、

「何もございません」

と、そのつど否《いな》み続けるのだが、これがなんとも煩わしい。

小坊主たちは貞海和尚に、「いったい、どうしたものでしょうか」と訴えた。

高齢の和尚は、慌てず騒がず、小坊主たちの悩みを聴き終えると、まず問うた。「噂が流れ始めたのは、いつ頃か」

「稲刈りが終わり、秋祭りが済んだ時分からでございます」

「夏にはなかったのだな」

「はい。暑い盛りに井戸のまわりで騒いでいたのは、絶え間なく鳴き続ける蟬ばかりでした。鈴虫、松虫が鳴き始めた頃にも、まだ、そのような話は聞いた覚えがありません。秋が深まり、猿楽《さるがく》一座が神社に舞を奉納するために村へ参った頃、噂が立ったようです」

「井戸を覗き、ご不幸に見舞われた方はおられるか」

「いまのところは、まだ、どなたも。ただ、映るはずの顔が見えなかったと訴えた方はおられて、ずいぶん怯《おび》えていたので、慈徳さまが仏さまの教えを説いて下さいました。

『心が鎮まるまで何度でも寺を訪れなさい』と諭して、お帰り頂きました」

貞海和尚はうなずき、未だに不安げな小坊主たちを見まわすと、優しく促した。「ご苦労であった。では、皆、持ち場へ戻りなさい。それから、あとで慈徳を連れてきておくれ。噂の出所を押さえて、皆さまに安心してもらおう」

「かしこまりました」

「というわけで」と慈徳は続けた。「『噂の出所を突きとめ、律秀どのに謎を解いてもらえ』と和尚さまから命じられ、ここへ参ったのだ」

「これはまた、奇妙な噂でございますね」

呂秀は首をひねった。

自分が燈泉寺で修行していた頃、こんな噂が流れたことはなかった。

あの井戸の姿は、いまでも鮮明に思い出せる。

石造りの四角い井筒に、屋根つきの釣瓶《つるべ》竿《ざお》と滑車。なんの変哲もない井戸だ。

夏にはちょうどいい案配に木陰となり、濡れた井筒のそばには、よく青蛙がうずくまっていた。

暗い雰囲気はなく、日々の暮らしに溶け込んだ風景以外の記憶はない。満杯にするとずっしりと重くなる桶を、汗をかきながら繰り返し井戸の底から引き上げた――いまとなっては、懐かしさすら覚えるほど遠い思い出になっている。

呂秀が、「とりあえず、井戸を拝見いたしましょう」と返事をしたとき、草庵の入り口で物音がした。しばらくすると、呂秀と慈徳がいる場へ、ひとりの若者が姿を現した。

呂秀の兄、律秀であった。

律秀は出家していないので総髪のままだ。今日は着古した萌黄《もえぎ》色の水干《すいかん》を身にまとっていた。整った面立ちに朗らかな笑みを浮かべると、律秀は慈徳に向かって「おお。また、金儲けの話を持ってきてくれたのか。ありがたい」と軽口を叩いた。

慈徳は眉根を寄せて律秀を見返した。「品のない物言いをなさるな。貞海和尚さまからのご依頼ぞ」

「和尚さまからといえば、いつものあれだろう。今回はどこから銭《ぜに》が出るのかな」

「出るかどうかはわからぬ。誰かが出せるのかどうかも、まだわからぬ」

「どういうことか。それは」

律秀と慈徳が顔を合わせると、いつもこんな具合だ。本気で言い争っているわけではなく、ただのじゃれ合いだとはわかっていたが、呂秀は横から口を挟んだ。「私が兄上の代わりに先にうかがっておりますので、かいつまんで話します。実は――」

呂秀が要点を話すと、律秀はすぐにうなずいた。「ああ、その件であれば、私もいま外で相談を受けていたのだ」

「どなたからですか」

「順々に話そう。噂に困っているのは、寺の者だけではないようだぞ」

律秀は床に腰をおろし、あぐらをかいて呂秀に訊ねた。「ところでおまえは、この話に『物の怪の気配』を感じるか」

「実際に井戸を覗いてみなければなんとも。兄上はどう思われますか」

「簡単な理《ことわり》で得心がいくのではないかな。まず、ひとつ。私は、これと同じ噂をよそでも耳にしたことがある」

「よそとは」

「たとえば阿《あ》波国《わのくに》、たとえば高野山《こうやさん》。これは、古い井戸がある寺では、よく聞かれる言い伝えなのだ。細かい部分は違うが、基本となる話はだいたい似ている。こういう面白い話は、全国を巡る声聞師《しょうもじ》が旅先で話したり、寺から寺へと行き来する僧が仏教説話に取り込んだりする。そうやって、ひとつの話が全国へ広がり、それぞれの土地で似た言い伝えとなって定着するのだ。このたびも、秋祭りのあとから噂が流れ始めているだろう」

「はい、慈徳さまからは、そのようにうかがいました」

「つまり、祭りの頃に、その話を村人に教えた者がいるわけだ」

「誰ですか」

「猿楽師」

収穫の祭りの頃には、神社の祭祀として猿楽や狂言が演じられる。

この村にも人気の一座が毎年やってくる。もうすっかり顔なじみなので、舞台をおりたあとでも、酒宴などを通して村人と交流がある。

「ここで薬草の検分をしていたら、若い猿楽師がひとりやってきて、相談にのってほしいと声をかけられてな。そわそわと落ち着かぬ態度で、人目につかぬ場所がいいとまで言うので、外へ出て、草庵の裏手で話をしておったのだ」

「どのような件を」

「秋祭りのとき、村人から面白い話をせがまれて、巡業先で見聞きした物事を、酒の勢いに任せて気前よく語ったそうだ。ただし、『燈泉寺の井戸で吉凶を占える』とは言わなかったそうだぞ。どこそこの国に吉凶を占える井戸がある、という話を口にしたところ、村人のあいだでその話に尾鰭《おひれ》がついて、『もしかしたら燈泉寺の井戸でも』とか『燈泉寺でもそうらしい』と、次第に内容が変わっていったようだ」

「なるほど――」

「猿楽師は自分の行いをひどく悔やんでいた。まさか、この地の話として広める者がいるとは思わなかった、いまさらではあるが、どうすればいいだろうか、と」

慈徳が憤然とした口調で割り込んだ。「ならば、その猿楽師は、まず、燈泉寺へ謝りに来るべきであろう。なぜ、そうしないのだ。そなたのところへ行くのは筋違いではないのか」

「燈泉寺の件をきっかけに、近場の神社からも不興をこうむっては、来年から、一座が秋祭りの祭祀に呼ばれなくなってしまう。一座にとっては暮らしに関わることだ。これはまずいと、私に仲裁を頼みに来たのだ」

「仲裁は、律秀どのの務めではなかろう」

「堅苦しいことを申されるな。私は薬師であると同時に法師陰陽師《ほうしおんみようじ》だ。ようするに、ただの萬《よろず》引き受け屋だ。目の前に困っている者がいれば、どのような些細なことでも首を突っ込んで解決する」

「しかし」

「それよりも気になるのは、本当に『水面に顔が映らなかった者』がいることだ。ただの噂だったものが、その通りになったわけだから」

「確かにそれは気になる。事の次第を教えても、ひとたび気に病んだ者は、そう簡単には納得するまい」

「では、実際に井戸を覗いて、これからの方策を考えよう」律秀は床から立ちあがり、続けた。「私にも、いろいろと思うところがある。それを確かめるとしよう」

薬草園と燈泉寺とは、さほど離れていない。

世間話をしながら歩いていくと、話の途中で到着してしまうほどだ。その途上で、律秀は自分の見解をつまびらかにした。

「井戸を覗いたときに水面に顔が映るのは、池や水溜まりに景色が映るのと同じ理だ。しかし、いつも同じように映るわけではない」

薬師である律秀は物事の理にこだわるので、いつも、このような物言いをする。「陽射しの強さ、空にある雲の量、まわりにどれくらい陽の光を遮《さえぎ》るものがあるか、風で水面が波立っていないか――。さまざまな事柄が、水面に映る影の鮮やかさを決める。季節によっても見え方は変わる。いまは秋だ。夏の時分と比べると、ずいぶん斜めに光が入ってくる」

呂秀は訊ねた。「つまり、場合によっては影が映りにくいわけですか」

律秀はうなずいた。「暇なときに桶に水をはり、水面に手をかざしたり、近くにあるものを映してみよ。日を変え、時を変え、繰り返し、さまざまな条件で得た物事を細かく記すのだ。影の映り方に違いが生じるのがわかる」

「そこから、どのような理が導き出されますか」

「記録の数が多ければ多いほど、さまざまな理が見えてくる。病者を診るときの要領と同じだ。どんな薬を選び、何を方じ、どのように効いたか。これらを細かく書きつけておけば、次なる診断の助けとなるだろう。それと同じだ。まあ、井戸の件について言えば、たいていの場合、誰でも自分の顔が見えるのだ。深く掘った穴の底にある水は風による乱れを受けにくい。そして、井戸の底は暗いから、水が鏡のようになりやすい」

「では、見えなかった方がいるのはなぜでしょう。お日様の高さのせいですか」

「それもあるかもしれんが、私なら、まず、覗いた本人に原因があったのではないかと疑うな」

「本人に、原因が——」

燈泉寺まで辿り着き、慈徳が門を開くと、三人はまっすぐに井戸へ向かった。陽はいま一日で最も高い位置にある。空はよく晴れていたので井戸の近くも明るい。古びた井戸のまわりは湿り気を帯び、井筒と地面とが接するあたりには苔が青々と生えている。

律秀は悠然と井戸を覗き込み、「おお、よく見えるぞ。己の顔が、くっきりと」と言ったあと、慈徳と呂秀にも同じようにしてみろと促した。

次に覗いた慈徳も、「いつもと同じだ。私にも見えた」と言い、呂秀に場所をゆずった。

呂秀がこれを覗くのは久しぶりだ。春先に寺から薬草園へ移り、以来、ずっと忙しい日々を送ってきた。寺を再訪する機会を逸していたのだ。

燈泉寺の井戸は日照りの頃にも水位が下がらない。大昔、地鳴りの前に水位が下がったり水が濁ったりした記録が残されているが、呂秀自身はそのような様は見ていない。

律秀は呂秀の背中から声をかけた。「どうだ。きちんと見えるだろう」

「ええ、まあ」

言葉を濁しつつ、呂秀は井戸端から離れた。平静を保っていたが、胸の奥では心臓が激しく脈打っていた。その音が外まで洩れるのではないかと思えるほどに。

――見えなかったのだ。

他のふたりには普通に見えた己の影が、呂秀には見えなかった。

同じ条件で覗いているのだから、呂秀にも同じように見えねばならない。そうでなければ理にかなわない。

そして、自分の顔が映っていないのに、別のものは鮮明に見えたのだ。

鬼の顔――であった。

いや、本当に鬼かどうかはわからない。何か異形のものだ。それが呂秀に向かって、にやりにやりと笑っていた。井戸の底だから水が揺れるはずもなく、自分の影が揺れているわけではないのは明白だった。

その上、怯える呂秀の耳元で何者かが囁《ささや》いたのだ。

――今夜、行く。待っておれ。

肌が粟立ち、どっと汗が噴き出した。

ああ、また聞いてしまった。いつものあれだ。

他人に話してもわかってもらえない、自分だけが見聞きしてしまう諸々の怪異――。

言葉を失った呂秀の隣で、律秀は整然と理を語り続けていた。「水鏡で自分の顔を確かめられない場合には、もうひとつ理由が考えられる。それは本人が、なんらかの病に冒され、目を悪くしているときだ」

慈徳が、うむ、と声を洩らした。「それは私も少し考えた。だが、私は医術を知らんので、なんとも判断できず――」

「井戸の底までは遠いだろう」と律秀は続けた。「歳をとると目が悪くなるから、そういう者はこの距離では明瞭に見えぬだろうし、残りの寿命も短い。井戸を覗いた年から三年以内に亡くなっても不思議ではない。もうひとつは、覗いた者が若くとも、眼病に罹《かか》っている場合だ。目の病は目だけに異変があるのではなく、内臓に病が隠れていることが多い。漢薬の書では、このようなときには、まず内臓の不調を疑えとある。肝と腎の具合をよく調べろと」

「なるほど」

「慈徳どの、井戸に顔が映らなかったと言った者を、明日にでも寺の療養院に集めてくれないか。病態を診てから、場合によっては薬を方じよう。そのときに、病の平癒も祈願する。鬱念を散じてやれば、薬もいっそう効くはずだ」

律秀の申し出に、慈徳は素直に瞳を輝かせた。「ありがたい。私の教えだけでは、皆、なかなか納得していない様子だったのだ。律秀どのが処して下さるなら、皆の気持ちも落ち着こう」

貞海和尚と話し合って手筈を整えるので私はこれにて、と頭を下げると、慈徳は足取りも軽く本堂へ向かった。

律秀は楽しげにその背中を見つめたあと、振り返って呂秀に声をかけた。「さあ、草庵へ戻るぞ。薬草の整理を続けねば」

三

その夜、草庵の寝所《しんじょ》で横たわってからも、呂秀はなかなか寝つけなかった。

板張りの床に薄い畳を置き、体には小袖《こそで》をかけていたが、深秋の寒さは床下から這いのぼってくる。だが、眠れないのはこの寒さのせいではなかった。

昼間は口にできなかった、あの奇怪な体験が呂秀の心を脅かしていた。

呂秀には幼い頃から不思議な力があった。物の怪が見え、その声が聞こえるのだ。

仏門に入った理由のひとつがこれだ。邪悪なものを退けるには、自分で祈禱の手順を知り、揺るぎない信仰心を持つしかない。

物の怪を退ける祈禱ができる者を、地方では「法師陰陽師」と呼ぶ。京の都で陰陽《おんよう》寮《りょう》に勤めている陰陽師とは性質が違う。官人ではないし、天文博士《てんもんはかせ》でもない。

播磨国の法師陰陽師は平地や浜の近くに住んでいる。庶民を相手に、病者を診て、薬を方じ、祈禱によって物の怪や禍《わざわい》を退ける。いわば、まじない師に近い存在である。寺ではなく薬草園で働いている呂秀は、僧であると同時に、この法師陰陽師でもあった。

いっぽう、北の山には廣峯神社があり、陰陽師はここでも働いている。こちらにいる者は、都の陰陽師と同じく、太陽や月や星の運行を調べて記録を作ったり、占いや祈禱を行ったりするのが仕事だ。律秀は、ここで陰陽師としての知識を学んでいたが、ある事情から山を下り、薬草園で働くようになった。

このような経緯があるため、律秀もまた呂秀と同じく「法師陰陽師」を自称していた。僧ではないので、読経したり護摩《ごま》を焚いたりはしない。自ら祈禱を行う必要がある場合には、狩衣《かりぎぬ》をまとって烏帽子《えぼし》をつけた。つまり、神社の陰陽師に近い格好をして、そこで行われる祈禱の作法を用いた。

依頼者の都合に合わせて、呂秀と律秀は、自分たちの役目や、ふたつの祈禱方法を使い分けていた。今回のような場合だと、律秀が薬師として病者に漢薬を方じ、そのあと、呂秀が護摩を焚いて平癒の祈願を行う形となる。

そして、法師陰陽師といっても、本当に物の怪が見える者はそう多くはない。呂秀以外の法師陰陽師で、物の怪が見える者は、このあたりでは誰もいなかった。律秀ですら、見えない側なのだ。

律秀は、祈禱の手順を正しく覚え、正しく再現しているだけである。それでも祈禱が効いてしまうのだから、なんともうらやましい話だ。どうやら物の怪を退ける力があることと、それが見える見えないという話は、まったく別の問題らしい。

呂秀の「見えたり」「聞こえたりする」性質を、律秀は兄として、子供の頃から気にかけてくれていた。

しかし、自分が体験できないことを、我がことのように想像するのは難しい。律秀は、呂秀の体のどこかに病があるのではないか、それが幻を見せているのではないかと疑い、懸命に医書を調べ、さまざまな治療法を案じてくれた。

残念ながら、呂秀には、どんな薬も効かなかった。

病気ではないのだから当然とはいえ、兄には気の毒な結果になってしまった。

万策尽きた律秀は、そのとき、「わからん、どうしてもわからん」と叫ぶと、やにわに机の前から立ちあがり、傍らに積みあげていた医書の山を蹴飛ばした。

内外から集めた大量の書物が、けたたましい音をたてて板の間に崩れ落ちた。

呂秀があまりの申し訳なさに縮こまっていると、律秀は突然、さっぱりとした明るい面持ちをつくり、大声で言った。

「見えるものは見える、聞こえるものは聞こえる。それでよいのではないか」

呂秀が虚を衝かれた面持ちで兄を見つめると、律秀は自信たっぷりの笑みを返してきた。「在るものを無にしようとするから悩むのだ。在るものは在る。誰に見えずとも在る。それを気にする必要はない、ということにしておこう」

「このまま見えていても、差し支えないのですか」

「そもそも、本当に差し支えがあるのかどうかもわからん。おまえは人よりも目がよく、耳もいいわけで、つまり、これは希有な才能なのだ。むしろ、この力を大いに使う道を考えよう」

手の打ちようがなくてあきらめた、というのが正直なところだろう。そう考えると、理を追究する者としては敗北であったはずだ。ところが律秀は、なぜか、とても楽しそうだった。

それを見た呂秀も、心の重しがとれ、すっと体が軽くなった。

自分の奇妙な性質を、ありのままに受け入れると言ってくれた律秀を、何よりも頼もしく、うれしく感じた。

以来、呂秀は「自分はひとりではない」と安堵し、律秀の心を信じ続けている。

だからこそ、見たものについて、口にできないときもあるのだ。

今日の一件も、話せば、律秀は本気で心配してくれただろう。

それはありがたいのだが、あの鬼が、もし兄に禍をもたらしたら——と思うと、正直に告げられなかった。鬼の笑い顔が、あまりにも邪悪に見えたせいだ。

——禍がもたらされるなら、私ひとりで受けとめよう。

そう思い詰めたまま、呂秀は床の中で鬼の訪問を待ち続けた。

夜も更け、微睡《まどろ》みから深い眠りに落ちる寸前、板張りの廊下が何度も鳴る音を聞きつけ、呂秀はまぶたを開いた。

耳を澄ますと、目方のある何かが廊下を歩いてくるような音が伝わってきた。

置き畳から上半身を起こし、小袖を膝にかけたまま、耳をそばだてた。

隣で寝ている律秀は少しも動かない。静かに寝息をたてている。

やがて、寝所の戸板が一枚するすると横に動き、人ひとりが通れるほどの幅まで開いたところで、ぴたりと止まった。

向こう側に何かが潜んでいる気配があった。

秋の夜にしては生ぬるい風が吹き込んでくる。水と土の匂いが鼻をついた。

呂秀は自分から声をかけた。「私に、なんの用ですか」

すると闇の中から返事があった。「わしを使わぬか」

「使うとは」

「ここからずっと東へ行った先に、中西《なかにし》という土地がある。正岸寺《しょうがんじ》という寺の近くだ。わしは、その側にある井戸を住み処にしておるが、長いあいだ、新しい主を求めてさまよってきた。おまえは、わしの望みによくかなう」

「なるほど。そなたは、主を失った式神《しきがみ》なのですね」

「いかにも」

式神とは陰陽師が使役する魔物の一種である。都の有名な陰陽師だけでなく、播磨国で暮らす法師陰陽師の中にも、これを使える者がいるという。呂秀は物の怪を見る目は持っているが、自分で式神をつくったり放ったりした経験はなかった。

呂秀は相手に訊ねた。「もとの主は」

「蘆屋《あしや》道満《どうまん》さま。おまえの古い血縁にあたる方ぞ」

呂秀は驚きのあまり、続けるつもりだった言葉を呑み込んだ。

道満は、いまから三百年以上前、播磨国にいた優れた法師陰陽師だ。幼い頃より才能を発揮し、この播磨の地で村人のために祈禱を行っていた。常に庶民の味方であったので、大変、慕われていたという。

あるとき、道満はその才能を見込まれ、京の公家から請われて都へのぼった。若くて力があった頃の話だ。しかし、行った先で当時の権力者であった藤原氏一族の政争に巻き込まれ、政敵に呪詛をかけたと疑われて、都から追放されてしまった。

故郷へ戻った道満は、再び庶民のために仕事を続け、その子孫が、いまでもこの地で法師陰陽師として働いている。この薬草園も、道満一族が開いたのだ。

「確かに、私は蘆屋の血を引いているらしいのですが」呂秀は遠慮がちに答えた。「とても遠い縁だと聞かされています。正統な血を引く方は蘆屋道薫《どうくん》さまといい、いまは薬師として、この国の守護大名である赤松満祐《あかまつみつすけ》さまに仕えておられます。その方と比べると、私の血はかなり薄いのですよ」

「ここらの法師陰陽師で、わしの姿が見えるのはおまえだけだ」と式神は言った。「いくら血が濃くとも、何も見えぬ者には仕えようがない。わしは、おまえが法師陰陽師としての力を充分に蓄えるまで、じっと待っておったのだ。寺での修行を終えた頃から、いい具合に力が溜まってきておるわ。今年で、ちょうど三百二十二年目になる。道満さまが、わしを中西の井戸に閉じ込めてから――な」

「閉じ込められたとは――。そなたは道満さまの命に背き、怒りでもかったのですか」

「いいや、違う。道満さまは都へのぼるとき、人の政争にわしを巻き込むまいとして、わざと、わしを正岸寺の井戸に封じていったのだ。都の陰陽師の術で消されてしまわぬように――となゝだが、わしはこの身が朽ちるまで、道満さまにお仕えすると誓った者だ。おとなしく引き下がれぬ。何度も井戸の底から飛び出し、道満さまをお助けするために、都を目指して地を駆けたのだ。ところが、途中で、地蔵が結界をはっておってな。どうしても京へ向かえぬのよ。法力にはじかれ、地蔵がいる場所から東へは絶対に進めなかった」

闇の向こうから、ぎりぎりと牙を噛み合わせる音が響いてきた。折れてしまうのではないかと怖くなるほどの激しさだ。「わしは毎日、地蔵にぶつかっては跳ね返され、とうとう、道満さまのもとへ駆けつけられなかった。わしが自由に動けるようになったのは、道満さまが都から追われ、この地へ戻り、亡くなられてからだ」

そのくだりは呂秀も知っていた。播磨国に戻った道満は、以前と同じように庶民のために地道に働いていたが、ある日、都から追ってきた陰陽師に戦いを挑まれ、山中で激しく術を使い合った末、相討ちとなったという。その場所にはふたりの墓が作られ、いまでもこの地では大切にされている。

式神は、夜をさまよう幽鬼のように切なげに息を洩らした。「刺客が来ると予想していた道満さまは、このときも、わしを巻き込むまいとして――」

呂秀は深い驚きをもって式神の話に耳を傾けていた。にわかには信じられない話ばかりだが、式神の声音には、ひしひしと胸に迫る切実さが感じられた。

式神が語った話は、呂秀が知っている蘆屋道満の人物像とも、よく一致していた。道満は、いまでも都人《みやこびと》からは悪《あ》し様《ざま》に言われる法師陰陽師だが、故郷である播磨国では、道満の悪口を言う者などひとりもいない。それどころか、庶民のために尽くしたことで名高い人物だ。式神にすら情けをかけたという話は、いかにも道満らしい人柄を思わせる。

通常、陰陽師は式神をただの道具として使うだけだ。けれども、この式神と道満とのあいだには、何か特別な縁があったようだ。使われる者と使う者といった関係を超えた、深い心のつながりが。

それがなんであるのか、呂秀には見当もつかなかった。が、三百年以上たってもこの式神の情念が消えぬとは、よほど濃い想いであったに違いない。

式神は続けた。「主を失ったわしは、法力の道具としての立場からは解放されたが、無念が募ってこの世から消えられぬ。だから、道満さまの血を引く次の主がほしいのだ。もっとも、主がほしいというても、誰でもいいわけではない。わしの姿が見えるほど霊力が強く、わしを仕えさせるほど呪法に長けておらねばならぬ。おまえは、それにぴったりとかなう」

戸板の向こうで、答えを求めるように、何かが大きく身じろぎした。だが、相変わらず、こちらへ近づこうとはしない。

おそらく、こちらとあちらのあいだには、呪術的な一線が引かれているのだ。正しく主従が成立し、こちらがあちらに名づけを終えるまで、式神は、その一線を越えられぬのだろう。

呂秀は慎重に切り出した。「法師陰陽師としては、私の兄の方が優れているはずですが」

「そやつなど話にもならん」式神は不機嫌そうに唸った。「わしの姿が見えぬだけでなく、物の怪そのものを信じておらん。法師陰陽師としてあるまじき奴だ」

心底嫌そうに言うので、呂秀は思わず噴き出しそうになった。

律秀はすべてを理で解き明かすのが生き甲斐だから、確かに、物の怪からは最も遠いところにいる者だろう。

人から「居る」「在る」と信じてもらえなければ、物の怪は存在していないも同然だ。何も見えない律秀は、そばに何がいようが、いつも平然としている。

物の怪を退ける手順に詳しいだけでなく、そのような態度でいること自体が、物の怪どもを脅かすのだろう。

式神は続けた。「秋祭りのとき、わしは猿楽師の体に取り憑き、唇を借りて、井戸の噂を語らせた。そのあと、村人の口も借りて、噂に尾鰭をつけさせた。怪異の話が広まれば、おまえたち兄弟が出てくるのはわかっていたからな。あとは燈泉寺の井戸の底で、おまえが来るのを待っていればよかった」

「――まわりくどいことをせずとも、じかに参れば私が対応しましたのに」

「まずは、おまえの性根を確かめておきたかったのでな。わしに怯えるようなら、また別の者を探さねばならん。弱い陰陽師に仕えるのは退屈だ」

物の怪に誉められてもうれしくはない。

不思議な気持ちになるだけである。

呂秀は苦笑いを浮かべた。「つまりそなたは、果たせなかった想いを果たしたいのですね。このまま放っておけば、そなたは己の情念に焼き尽くされ、悪しきものに変わってしまうから」

「左様」

呂秀はしばらく口をつぐみ、考えを巡らせていた。

式神の話が本当なのかどうか、いまは、まだ判断できない。

もし、この式神が「上手な作り話で人を騙《だま》す邪悪なもの」であったとしたら、この先、何が起きるかわからない。こいつは、僧であるこちらの身を利用して、大勢の者に、禍をもたらすつもりかもしれないのだ。

そうなったら、禍を受けるのは呂秀だけではない。周囲にいる者すべてを巻き込んでしまう。

胸の奥で、心臓が激しく高鳴っていた。

こんなとき、兄ならどうするだろう。

兄なら、どんな結論を出すか。

考えても考えても、答えを見いだせなかった。

相手が醸し出している威圧感の強さから考えると、いまの自分の法力では退けられないかもしれない。対処を間違えると、最悪の場合、相手はこちらを殺して、この体をのっとってしまうだろう。そうなったら手に負えない。

だとすれば、方法はひとつしかない。

名をつけ、かりそめであっても、いったんは、こちらの法力の支配下に置くのだ。

深く息を吸って気持ちを落ち着かせると、呂秀は、祈禱を行うときのよく響く声で命じた。「ならば、来なさい」

「よいのか」と式神が訊き返した。

呂秀は強くうなずいた。「私がそなたの新しい主となりましょう。そして私が死ぬときには、直前にそなたを、この世から綺麗さっぱり消してあげましょう。わずかな後悔も残らぬように」

「そこまでやってくれるのか」

「ええ、約束します」

式神は歓喜に満ちた叫び声をあげた。「では、わしに名前をくれ。おまえのものとなるために、わしに新しい名前をつけてくれ」

呂秀は、すかさず答えた。「秋津《あきつ》（トンボのこと）が飛ぶ季節に出会ったので、『あきつ鬼』と名づけます。ひらがなの『あきつ』と『鬼』という字の組み合わせです」

名は、与えられたものの性質を決める。

儚く小さな虫の名をつけたのは、式神の魔力を少しでも減じるためだ。

恐ろしい名前、強そうな名前を与えてしまうと、それに相応《ふさわ》しい魔物になってしまう。

だから、あきつだ。

式神はまったく反論せず、楽しそうに応えた。「『あきつ鬼』か。承知した。これからはそう呼んでくれれば、いつでも姿を現そう」

「よろしく頼みます」

すると、戸板の向こうに隠れていた影が、ようやくぬっと姿を現した。

呂秀は息を呑んで相手を見あげた。

鬼だ。

鬼としか言いようのない存在だ。

身の丈は天井に頭がつっかえるほどもあり、窮屈そうに、ずいぶんと背を丸めている。

体軀は百鬼夜行絵巻《ひゃつきやこうえまき》に描かれた鬼たちよりも逞しく、肌は燃えるように赤い。それだけでなく、体中が龍の鱗じみたものに覆われている。鱗は闇の中でも煌《きら》めいていた。腕は四本もあって、脚は大樹の幹のように太い。腰から下は猪や熊のように剛毛に覆われ、長い尻尾が床に向かって伸びていた。人に似ているが人ではない相貌。大きなふたつの目と、その上方にある小さなふたつの目が爛々《らんらん》と光を放ち、鼻は鷲のくちばしのようで、口は大きく裂けて二本の牙が突き出している。

小さな生き物の名にしておいてよかったと、呂秀は袖口でこめかみの汗を拭いながら思った。もし、強い名を与えていたら、いったい何が起きたことか。

だが、これほどの異形を、なぜ道満は都に同行させなかったのだろう。これを使えば、一流の陰陽師とも戦えただろうし、都からの追っ手も退けられたはず。それなのに、なぜ、この者を安全な場所へ逃がし、たったひとりで都からの敵に立ち向かったのか。

――いや、いまは問うまい。

呂秀は胸の奥のざわめきを抑え込んだ。

道満は「播磨国随一の法師陰陽師だった」と語り継がれている人物だ。なんの考えもなく、この式神が語ったような選択をしたとは思えない。きっと深い事情があったのだ。

そして、もし式神が語った過去が真実であるならば、その情の深さゆえ、この式神はいまでも道満を忘れられぬのだろう。私が主となってすら、この者は、いつまでもかつての主を想い続けるに違いない。

だが、それでいい。

私もずっと知りたかったのだから。

この薬草園を最初に開いたのは道満一族だという。

貞海和尚から、そう聞かされた。

自分の遠い先祖にあたる蘆屋道満とは、いったいどのような人物だったのか。詳しく知りたいと願い続けてきた。この式神が自分のもとを訪れたのも何かの縁だ。自分が引き受けるのは、正しい選択だろう。

四

翌日、律秀は療養院に赴き、慈徳が相談にのっていた病者を診た。

燈泉寺の僧たちは、いつも療養院の設備を整え、掃除もしてくれている。薬師は呼ばれたときだけ訪れ、病者が増える季節には何人かが集まって対応する。

井戸に顔が映らなかったと怯えていたのは、律秀が予想していた通り、年嵩の男が三人。そのうち高齢の者はひとりだけで、残るふたりは四十を超えた歳だった。

律秀は三人に対して、ひどい喉の渇きはないか、小便の量が極端に増えていないか、などと訊ね、体の冷えや痺れの有無を調べ、腹部に触れて弾力を確かめた。

診察を終えた律秀は呂秀の顔を見ると「八味《はちみ》圓《えん》を」と言った。

呂秀はうなずき、律秀の指示に従って薬箪笥から薬を取り出した。

八味圓は丸薬だ。

一粒ずつ数えて処方する。

『和剤局方』で指定されている生薬としては、白茯苓《しろぶくりよう》、牡丹皮《ぼたんぴ》、沢瀉《たくしや》、熟乾地黄《じゆくかんじおう》、山茱《さんしゆ》萸《ゆ》、山薬《さんやく》、附子《ぶし》、肉桂《につけい》が含まれている。

しばらくこれを飲んでもらい、症状の変化に合わせて薬を変えていく。

一日分を数回に分けて食事の前に飲むこと、体調に異変があったときにはすぐに飲むのをやめて寺まで相談に来ること、などを伝えたあと、律秀は平癒の祈願も一緒に行うと三人に告げた。これを行っておくと薬がよく効くのだと言われた病者たちは、ほっとした面持ちで肩から力を抜いた。

呂秀が横から言葉を添えた。「この祈禱にお金は必要ありません。薬代も米か野菜で払って頂ければ充分です。無理のない量で構いません」

弟の言葉に律秀は微かに顔色を変えたが、傍らに控えていた慈徳が睨《にら》みつけたので、すぐに爽やかな表情に戻った。

律秀は慈徳の耳元に唇を近づけると、「今回は寺からの依頼であったので、不足する分の支払いについては、和尚さまによろしく」と囁いた。

慈徳は平然とした面持ちで「話だけはしておこう」と応えた。

た。

「頼むぞ。薬師と法師陰陽師を兼ねるには金がかかるのだ」

「そなたが都で夜遊びに使いたいだけであろう。無駄には出さぬぞ」

「不足する分だけでいい。たいした額にはならんはずだ」

薬の処方を終えると、呂秀は僧衣の上に袈裟をつけ、皆を療養院内の祈禱所へ案内した。

祭壇の前で病者たちに頭を下げて口上を述べ、皆には、そのまま板張りの床に座ってもらった。

呂秀も祭壇に向かって座ると、衣の裾を整え直し、数珠《じゅず》を手にとって護摩を焚いた。香の匂いを胸の奥まで吸い込み、朗々と読経を始めると、呂秀自身の心も鎮まっていった。頼もしく力強い言葉の数々は、聴く者だけでなく、口にする者の心からもすっぱりと暗雲を追い払い、清々しい境地へと運んでいった。

祈禱が終わって草庵へ帰ったあと、律秀は白湯を飲みながら呂秀に訊ねた。「昨晩、寝所に物の怪が来ていただろう。何を言われた」

呂秀は驚いて訊き返した。「兄上にも見えたのですか」

「違う違う。相変わらず私には何も見えんよ。夜中に、おまえが寝床から身を起こしてぶつぶつと独り言を言っていたので、ああ、いつものあれだなと思って、耳をそばだてていただけだ」

ほっとしたような残念なような気持ちを抱きつつ、呂秀は昨晩の話を律秀に語って聞かせた。

律秀は「蘆屋道満と式神の話なら私も知っている」と言った。「正岸寺のそばには確かに井戸がある。夜中になると、その井戸から燃える火が飛び出して、すさまじい勢いで飛ぶそうだ。昔から見た者が大勢いるという。あちらでは、その火を『道満の一つ火』と呼んでいるのだ」

道満の一つ火――。

呂秀がその言葉を口の中でつぶやくと、律秀は軽くうなずき、話を続けた。「道満の式神に対する気づかいや、式神が地蔵に邪魔されて都へ行けなかった――というくだりも、おまえが聞かされた話とまったく同じだ。その地蔵は、繰り返し式神に体当たりされたせいで、いまではひどく傾いているそうだ」

「では、あの式神は、夢や幻ではなく」

「おまえに見えるのなら間違いなくいるのだろう。『あきつ鬼』と名づけていたな」

「はい」

「何かのときに貸してくれ」

「鬼を――ですか」

「直接、そいつを貸してくれという意味ではない。鬼を使えるようになった、おまえの力が必要なのだ」

律秀は白湯を飲み干し、微笑を浮かべた。「この世には、理だけでは解けぬ事柄もたくさんある。鬼は、そのようなとき役に立つに違いない」

湯のみを床に置くと律秀は置き畳から立ちあがり、土間へ向かった。収穫した薬草の検分に戻るのだ。

呂秀は、ふと、あきつ鬼が律秀に寄り添っている姿を想像してみた。

ふっと笑みがこぼれた。

律秀と式神が会話を交わす機会など、一生ないだろう。だが、想像してみると、このうえなく微笑ましい光景だった。

呂秀はその場を片づけて庭先へ出た。

すると、あきつ鬼が畠のそばで待っていた。

夜中に見たときよりも体の色が薄く、向こうの風景が透けて見えている。

荒々しい姿に、呂秀はあらためて身震いした。

こうやって陽のもとで見ても、凄絶なばかりの異形である。

この鬼は、自分にとって味方なのか、それとも敵なのか。

いまは、まだ、はっきりとはわからない。

けれども名を与えた以上、しばらくは付き合わねばならぬ友だ。

あきつ鬼は、にやりにやりと笑いながら言った。「おまえの兄は、ちゃっかりした男だな。自分では鬼が見えぬくせに、おまえを通して鬼を使おうと言い出すとは」

「悪気はないので許してやって下さい」

「わかっておる。わしにとって必要なのはおまえだけだ」

「では、畠の見まわりについてきてくれませんか。私たちの仕事について、ひと通り説明しておきたいので」

畠のそばを歩きながら、あきつ鬼は興味深そうにあちこちを見やり、呂秀に訊ねた。

「この草花はどんな味がするのだ。苦いのか」

「たいていは苦いのですが、ほんのりと甘味を感じるものもあります。薬が病状や体質に合っていると、いっそう甘く感じたりもするそうです。今度、飲んでみますか」

「わしにも飲めるのかね」

「さあ、どうでしょう。試してみればわかりましょうが」

「おまえにも、兄のように、理で試そうとする部分が少しはあるのだな」

呂秀は鬼の顔を見て、にっこりと微笑んだ。「私も、法師陰陽師の端くれですから。ときには理を尊ぶのです」

——三宅村は陰陽師蘆屋道満及び其《その》子孫の住めりし所にて、近年まで蘆屋塚といふがありし由なり、この道満は彼の有名なる天文博士阿倍《あべ》晴明《せいめい》（※＝安倍晴明）と同時代の人にして、（中略）後に飾磨《しかま》郡《ぐん》の三宅村に移りしものの如し、後《のち》世嘉吉《かきつ》元年に赤松満祐その裔《えい》道薫を赤穂郡城山《あこうぐんきのやま》に召して薬を乞ひしことあり、其後《そのご》道仙《どうせん》なるもの英賀城《あがじょう》の陰陽師となり、道善《どうぜん》のときには種々《くさぐさ》の薬草を作りて往来の人々に施ししことあり、

（『沿革考証姫路名勝誌』より引用）

呂秀が、式神に「あきつ鬼」という名を与えた日以降、正岸寺の近くで夜ごとに目撃されていた怪しき一つ火は、ふっつりと姿を消したという。

その後は、二度と、井戸と正岸寺の周辺には現れなくなったそうである。

武川佑

遠輪廻

武川佑（たけかわ・ゆう）

一九八一年、神奈川県生まれ。二〇一六年「鬼惑い」で第1回決戦！小説大賞奨励賞を受賞。二〇一七年『虎の牙』でデビュー。二〇一八年、同作で第7回歴史時代作家クラブ賞新人賞を受賞。二〇二一年『千里をゆけ　くじ引き将軍と隻腕女』で、第10回歴史時代作家協会賞作品賞を受賞。そのほかの著書に『落梅の賦』『かすてぼうろ　越前台所衆　於くらの覚書』などがある。

桜が散るさまを見ていた。

一片散れば、いざつづけとばかりに、二つ、三つ。風が吹けば、ざあっと大海に出ずる稚魚のごとくに。惜しむ名残もないかのように。

花吹雪の向こうに、誰かいる。貌《かお》や形は朧《おぼろ》なのに、こちらを見ていることだけはわかる。

誰だ——。

お前は誰で、なぜわたしを見ている。

序

「輪廻《りんね》ですな」

誰かの声で、長岡藤孝《ながおかふじたか》（のち細川幽斎玄旨《ほそかわゆうさいげんし》）は我にかえった。今年最後となる百韻連歌《ひゃくいんれんが》の席で、そろそろ挙句《あげく》、終わりの百韻目になる頃合いだ。

庭に面した広い板間は、火鉢を持ちこんでもなお寒い師走である。うたた寝のあいだに夢を見ていたような気もするが、それがなんなのか思いだす間もなく、こう呼びかけられた。

「のう、輪廻ですよのう、藤孝どの。古今伝授者の御考えやいかに」

古今伝授とは、勅撰集『古今和歌集』の解釈、「三木三鳥《さんぼくさんちょう》」の秘義などを切紙にして授けるもので、東常縁《とうつねより》から連歌師宗祇《そうぎ》に伝わり、いくつかに枝分かれしたのち、二条派《にじょう》においては公家の三条西実枝《さんじょうにしさねき》から長岡藤孝に伝授されていた。

武士の伝承者は、おそらく東常縁以来であろう。

歌道千年。たいへんな名誉であり、また裏でどう言われているかも知っている。

乱世に歌道もいよいよ絶ゆるか――そんなところであろう。

それはともかく、今日の藤孝は連歌会で捌《さば》き、いわゆる宗匠《そうしょう》役をつとめていた。内々の集まりで、そう格式ばったものではないからと説得され、嫌々ながらも引き受けた。

宗匠役は他人の出した句を吟味し、式目（ルール）に反するものがあればそれを指摘し、ときに一直《いっちょく》、つまり手直しせねばならない。なかには己の句にけちをつけられたと恨む者もいるから、とにかく気を使う。

藤孝の手元に、挙句の案を書いた懐紙が回されてきた。

すっかり冷えてしまった盃の濁酒を舐め、懐紙を見る。ははあ、と思った。山桜が咲くさまをうららと詠《うた》った、挙句らしいやすらかな句だが、残念ながら式目に触る。

さきほどから言われている「輪廻」というものだ。

連歌とは、五・七・五の長句《ちょうく》と七・七の短句《たんく》を別の者がかわるがわる付け、さまざまに移りかわる情景、心情を詠み継ぐものである。長いものだと数日がかりで千句詠むなどという壮大な催しもあるが、今日は数人の連衆《れんじゅ》が昼前から集まり、二刻半ほどで百句をつくる百韻連歌というものだ。さいきんは連歌というと、この百韻連歌が主流である。

百句も連ねれば、句が似通うこともある。前に出た発想や情景を繰りかえしてしまうことを、「輪廻」という。おなじような句を繰りかえせばとうぜん面白みがなくなるから、避けねばならないとされた。

連歌式目を整備し、連歌を大成した南北朝時代の公家歌人・二条良基《よしもと》の『僻連秘抄《へきれんひしょう》』によれば「遠輪廻事《とおりんね》　花といふ句に山のかすみとも夢ともつきて後又是を付べからず」

と、例を挙げている。つまり花の句やその付句《つけく》でいちど山の霞や夢を連想させたなら、後段でおなじことをするな、という意味である。

とりわけ挙句が、一句目である発句《ほっく》に「付く」、すなわち発想が戻ることは、避けるべきとされた。

これが遠輪廻である。

藤孝が黙ってしまったのを見て、出句者《しゅつく》がおずおずと手を挙げた。

「ふと、君と見にいった桜を思いだして詠んだのだが。あまりよい出来ではなかったかな」

詠み手は、惟任《これとう》（明智《あけち》）日向守光秀《ひゅうがのかみみつひで》であった。

織田《おだ》家家臣としては藤孝の上役にあたるが、古くからの友人で、ちかぢか互いの息子と娘が夫婦となるほど縁が深い。また光秀は、藤孝とおなじく和歌や連歌をよくする男だ。幼いころ名家・和泉上守護細川家の養子となり、和歌や連歌、漢籍などの素養をなかば義務として身に着けた藤孝と違い、さほど身分の高くない美濃の地侍に生まれたこの男は、自らすすんで歌に手を伸ばした。

自分などよりずっと歌を愛しているのだろう、と思う。

藤孝は光秀に微笑んだ。

「いや、悪いわけではない。ただ発句に戻りすぎる。すこし変えてやれば差合《さしあい》も悪くなかろう」

あっ、と光秀は口を開いた。彼とて遠輪廻は知っている。ちょっとした手落ちは、誰にでもあることだ。恥ずかしそうに肩を竦《すく》めて懐紙を受けとると、光秀はすぐに句を手直しした。

「連歌とは流れ移り行き、戻らないのだね。現実《うつつ》のように」

懐紙を受けとる。よいだろう、と藤孝は頷いた。

「そういうことだ」

めでたく一巻満尾《まんび》となった。火鉢の炭が新しいものに取り換えられ、酒と料理が運ばれてくる。開いた戸板から見える暮れ方の庭には、うっすら雪が積もりはじめていた。

「やあ、初雪だ。一句詠もうではないか」

声を弾ませる光秀を、みなが笑う。藤孝も笑った。ほんとうに歌が好きな男である。

―

天正六年(一五七八)。正月元日。

真っ白に雪を被った伊吹山と凪いだ琵琶湖が、安土城からはよく見えた。

朝の茶会に呼ばれたのはつぎの十二人。

嫡男信忠《のぶただ》、武井爾云《たけいじうん》（夕庵《せきあん》）、林秀貞《はやしひでさだ》、滝川一益《たきがわかずます》、惟任光秀、荒木村重《あらきむらしげ》、長谷川与次《はせがわよじ》、羽柴秀吉《はしばひでよし》、惟住《これずみ》（丹羽《にわ》）長秀《ながひで》、市橋長利《いちはしながとし》、長谷川宗仁《はせがわそうにん》、そして長岡藤孝である。

茶頭《さどう》の松井友閑《まついゆうかん》から茶を振舞われ、玉澗《ぎょくかん》の岸絵、姥口釜《うばくちがま》、もと三好実休《みよしじっきゅう》の持ち物であった水指「帰花」などの名物を拝見したのち、大広間で信長《のぶなが》に新年の御祝いを述べた。

信長からあたたかい雑煮が振舞われ、ほっと座が緩む。いましがた見た茶道具の素晴らしさ、いよいよ信長のあとを継いだ嫡男の信忠を褒め称え、みなの話題が尽きかけたころ、ふと光秀が口を開いた。

「そういえば大殿、京に鬼が出るという話を知っておられますか」

この日の信長は上機嫌で、すぐに言葉がかえってきた。

「話せ」

鬼が出たのは、去年の師走からだという。

上京のある辻を夜分に人が通りかかると、青白い鬼火がどこからともなく二つ、三つゆらゆらと飛びはじめ、その人が魂消《たまげ》ていると、地の底から響くような声が問うのである。

「内裏はどこか」と。

たいていはわっと逃げだす。すると恨めしげな声が「待てえ、待てえ」と追いかけてくるが三町（約三二七メートル）ほどで消える。そんなことが数度あったのち、一人の勇気ある男が「それならおれが内裏に案内してやる」と言いだした。

男が辻で待ち構えて三日目の晩に、鬼が出た。

噂のとおりに鬼火が飛びかったあと、辻にある柳の木の上で黒い影がごそごそと動き、男に問うてきた。

「内裏はいずくぞ」

男は太刀の柄に手を掛け、答える。

「いま内裏は土御門東洞院《つちみかどひがしのとういん》におわす」

「それはいずくぞ」

なんと男は、鬼を土御門東洞院の御所まで案内したというのである。姿形はわからぬものが、男の後ろをなにごとかぶつぶつ呟きながらついてきたらしい。振りかえると命を取られると思い、前を見たままでいた、と男は語った。

御所は応仁の大乱で荒れ果て、一時は築地《ついじ》の穴を塞《ふさ》ぐのにも難儀するほどの困窮ぶりであったが、織田信長が上洛してからすこしずつ復興しつつあった。

ようやく御所に辿り着くと、ぼそりと鬼は呟いた。

「ここじゃない」

驚いた男が声も出せずにいると、生温い風が吹き、嗄《しやが》れ声が遠のいた。

「恋しきをさらぬ顔して忍ぶれば——」

そして消えたのだという。

話を聞いていた羽柴秀吉が、大仰にがっかりした。

「なあんだ、それだけにござるか。羅城門《らじょうもん》の鬼のように、人を攫《さら》って食うとかはせぬのですか」

「いまのところそれだけです。姿形もはっきりせぬ。しかし御所の場所を尋ねるので、公家たちは『帝の御命を狙《ねろ》うておるのでは』と恐れております る」

なるほど、と秀吉が大きな声で言う。この男はなんでもあけすけだ。

「退治すれば、公家のみならず帝にも恩を売れるというのですな。日向守どののさすが」

秀吉と光秀が、黙している信長を窺《うかが》う。信長は戦《いくさ》作法にしたがい陣中に呪《まじな》い師を呼ぶこともあるが、それは諸将が縁起を気にするためであって、本人は妖《あや》しの類《たぐい》にあまり興味がないというふうである。

がためか、信長は変なことを問うた。

「鬼が口にのぼらせたというのは、上句《かみのく》か」

和歌の上半分かという意味である。光秀が頷く。

「そう思われまする」

信長の視線がこちらに向いた。話が出たときから、正直厭《いや》な予感はしていた。

「和歌といえば兵部《ひょうぶ》よ。のう?」

兵部とは、藤孝の官途名・兵部大輔《たいふ》のことである。是といえば傲慢《ごうまん》だし、非というのもいやらしい。藤孝はただ無言で頭をさげた。

信長はわずかに口元を緩め、藤孝に命じた。

「その鬼とやらなぜ下句《しものく》を詠まなんだ。面白い。兵部、調べてまいれ。なに丹波攻めがあるゆえ、急がぬ」

光秀と藤孝は、三月にも抵抗をつづける丹波国の波多野《はたの》氏を攻めることが決まっている。さすがに戦《いく》さを優先しろとのことだろう。

「はっ」

話を持ち出したのは光秀だから、手柄を奪うかたちになるが、主君の命ならば仕方ない。

鬼と言えば陰陽師だの法師だのが思い浮かぶが、心当たりがないこともない。

二

二月のはじめ、藤孝は上京にある土御門久脩《ひさなが》の邸宅を訪ねた。かの有名な陰陽師・安《あ》倍晴明《べのせいめい》から数えて三十一代、現当主の久脩には、藤孝の生家・三淵《みつぶち》家から妹が嫁いでおり、藤孝は久脩の義兄にあたる。

書院造の邸宅の一室で、藤孝は久脩に会った。寒さがゆるみ、いよいよ春めいてきた。開けはなたれた遣戸《やりど》のさきには、ちいさいがよく手入れのされた庭がある。可憐な白い花を垂らした馬酔木《あしび》の根元には手水鉢が置かれ、ちかごろ公家のあいだで流行っているという、唐国由来の金魚が二匹、ゆったりと泳いでいた。

「あい、義兄さんようきてくれはりました」

白地に裏が二藍の狩衣、烏帽子《えぼし》姿の久脩はまだ十九歳で、四十五歳の藤孝とは父子ほどの差がある。ふっくらした輪郭に黒目がちな目をして、公家らしい御所言葉で藤孝に円座を勧めた。

朝鮮物の白磁茶碗で薄茶を飲むと、藤孝は辻の鬼の話、その正体を調べるよう信長に命じられたことを久脩に話して聞かせた。

「大殿から『お主は和歌に詳しかろう』と調べるように申しつかったが、これは人の領分ではないと思うてな。助力を請いたいのだ」

久脩は微笑を浮かべた。

「噂は聞いておりますえ。鬼は、内裏に行かはったんやろうか」

「それでは困るのだ」

鬼を退治してできれば公家に恩を売りたい、という部分は伏せた。土御門家は元来堂《どう》上家《じょうけ》、すなわち公家であり、久脩はまだ若年ゆえ従五位上だが、すでに官人陰陽師の長である陰陽頭に任じられている。

久脩はへえ、と鷹揚《おうよう》に言った。

「そんなら、賀茂《かも》の御兄さんがよろしおすなあ……こなたはまだ若輩。その点、御兄さんなら場数を踏んではるから」

「賀茂の御兄さんとは？」

「勘解由小路《かげゆこうじ》家の御当主、在昌《あきまさ》はんや」

京の陰陽道宗家はふたつあり、安倍晴明にはじまる天文道の土御門（安倍）家、そして賀茂家嫡流で暦道を修める勘解由小路（賀茂）家の二家で、あわせて「安賀家」とも称される。当代は久脩が土御門家、もうひとりの在昌が勘解由小路家の当主であるらしい。

この在昌が奇矯な人物で、なんとキリシタンなのだという。

キリシタンに改宗した在昌は、それだけでは満足せず、京を出奔して長年九州の豊後国にいた。いろいろあって勘解由小路家の当主が不在になった去年、ようやく京に戻ってきた。しかしいままでの素行を憚《はばか》って、勘解由小路ではなく、旧来の「賀茂」姓を名乗っているという。

聞いた藤孝は、眉を顰《ひそ》めた。

「大丈夫なのか、その男。キリシタンが陰陽道など修められるのか」

久脩は相変わらず柔和な笑みを崩さない。

「御兄さんは変わった御人やけど、見識の高さはこなたが保証するよって。行きよし」

そういうわけで、久脩の書いた文を携えて、翌日、藤孝は家臣とともに上京の北西の端、櫟谷七野社《いちいだにななの》のちかくの賀茂在昌の屋敷へ向かった。

あたりは応仁の乱の激戦地と伝わり、ぽつぽつと人家があるほかは一面の青い麦畑である。

家臣の松井康之《まついやすゆき》が嘆息した。

「先代在富《あきとみ》さまのころは、勘解由小路家は室町小路《むろまちこうじ》に御屋敷を構えておられたとか。在昌さまはまこと先代の息子かどうかすら、定かではないとのこと。大丈夫でしょうか」

麦畑のなかの、おおきな楠の根元に建つのが、在昌の屋敷だった。板葺きの母屋と離れがあるばかりで、百姓の家にしては大きいが、公家の邸宅とは思えぬ質素さだ。

生垣に埋もれるようにして立つ門の前で、藤孝は内を窺った。

「織田家家臣、勝龍寺《しょうりゅうじ》城城主、長岡兵部大輔藤孝と申す。在昌どのはおられるか」

しばらくすると門が開いて、髪を唐輪に結った若い女が顔を出した。よく日に焼けた引き締まった体の女で、にこりとも笑わない。

「土御門さまから伺っております。どうぞ」

見慣れぬ草が群生する小路を辿り、屋敷の南側に回ったところで、藤孝は思わずおお、と声を出していた。

庭は青色の花の海だった。

「これは……」

膝丈ほどの草が群生して、丁子草に似た星形の花を咲かせている。青染付の陶磁器のような、紫がかった深い青。風に揺れるとわずかに芳香がする。藤孝が目を奪われたのは、色の鮮やかさだ。桔梗のような淡さではなく、舶来の瑠璃杯のように深い。すぐに考えていた。この輝かしい青を詠むには、どうしたらいいだろうかと。

自分は、この鮮烈さを表す言葉を知らぬ。

「来やがったな、織田家の兵部」

花畑の向こう、まだなにも植えられていない露地で、鍬《くわ》を振るっていた小柄な男が声をあげた。

奇妙な庭とおなじく、奇妙ないでたちである。身長四尺八寸（約一四五センチ）ほど、細い猫毛は結わずに肩までの長さに垂らし、南蛮人がよく着ている綿のシャツを肘まで腕まくりして、括袴《くくりばかま》を穿いている。突き出す手足は子供のように細かった。

特徴的な三白眼で、客の藤孝を上から下まで舐めるように見る。

「坊《ぼん》からお前が来るのは聞いている。おれが在昌だ」

「長岡兵部大輔藤孝と申す」

この男が、勘解由小路家当主、賀茂在昌。

藤孝は訝《いぶか》った。歳はたしか自分より上と聞いた。童子のような痩せた体と不釣り合いな目の鋭さで歳がわかりにくい。軽やかに鍬を振るうさまは、年下に見えるほどだ。豊後でキリシタンとして暮らすうち、宣教師《パードレ》から若返りの秘薬でも得たのだろうか。

丁寧に頭をさげる藤孝に、ふん、と鼻息がかえってきた。

「信長は嫌いだ。おれは京も賀茂の家も捨てたつもりでいたのに、奴がおれを呼び戻す口添えをしたと聞いている。いい迷惑だ」

「こたびは土御門久脩さまの御推薦もあり、なにとぞ」

藤孝が差しだした土御門久脩の文に目を通し、在昌は舌打ちをした。

「坊の御節介め、手柄を譲るつもりだな。話だけは聞いてやるから、畝《うね》を作り終えるまで、縁側で待っていろ」

畑作業に戻る小男を見送り、松井康之が小声で嘆く。

「髷《まげ》も結わず、口ぶりも荒い。先が危ぶまれます」

「見た目などどうでもいい。陰陽師としての才覚があれば」

不快感より、好奇心が勝つ。藤孝はそういう性質の男だった。おたがい官位は従五位下だからか、口調も気にならない。民から侵略者として嫌われるのにも慣れている。

　母屋の縁側に腰掛け、さきほどの下女に土産の桶を手渡した。琵琶湖の生きた氷魚《ひうお》が入っている。仏頂面だった女が桶を覗いてにんまりと笑い、いそいそと家の中に入っていく。

　陽だまりに身を置き、藤孝は花畑に目を注いだ。

「色も形も、甘い芳香も、在野の草花とは思えぬが」

　在昌が声だけこちらに飛ばしてくる。あいかわらず不機嫌そうだ。

「瑠璃苣《るりぢさ》だ。宣教師に貰った種から育てている。花は気鬱《きうつ》や腫瘍《しゅよう》に効く。染料にもなる。種からは油が搾れる」

　なるほど本草学にも明るいのか。手入れは家人にやらせればと思うが、この家にはさきほどの下女以外に人の気配がない。かつては京大路に邸宅を構えた堂上家すら、乱世においてはここまで落ちぶれてしまう。地方に下向して戻らぬ公家もおおい。

　何本か畝を作り終えると、ようやく在昌は縁側に来て、どかりと座った。

「瓜女《うりめ》、燗《かん》酒と肴を」

　唐輪の女の名らしい。すぐに彼女が瓶子《へいし》と盃、小皿に入れた氷魚を持ってきた。屋敷で煮炊きの煙も起きていないのに、不思議なことだと藤孝は思った。

　薄緑のギヤマンの盃に酒を注ぎ、在昌はくっと呷《あお》った。藤孝も口をつける。ほどよい燗酒が喉を落ちてゆく。

在昌は酒を含んだ口で氷魚をずっ、と啜《すす》り、思わず美味いと零《こぼ》した。

「気に入ってもらえてなによりだ。馴染みの漁師から特別に取り寄せたのだ」

途端に在昌は不機嫌そうになった。

「賂《まいない》のつもりか」

「そんなことは。ただ、この件引き受けてもらえれば、大殿への伝手《つて》もできよう。御家のためにも、悪い話ではないと思われるが」

するど在昌は目をぎらつかせ、声を荒らげた。

「勘解由小路は親父の代で滅んだ。滅んで当然の家だった」

藤孝は面食らい、返答に困った。あらためて在昌の顔を盗み見る。薄い眉に切れ長の目。突き出た頬骨と細い顎《あご》。まばらな顎鬚《ひげ》。どうにも京の公家という感じではない。言い方は悪いが、鴨川にいる食いづめの放下師《ほうかし》のような貧相な見た目だ。だが不思議と目を引くのは、瞳に宿る気の強さだろうか。

「貴殿がおられるではないか」

「おれは後片付けをしているだけだ」

「……………」

居心地の悪い沈黙ののち、在昌はちいさく溜息をついた。

「話を寄越した坊の面目を潰すわけにはいかぬか。話せ、兵部」

どうやら在昌は、年下の土御門家当主に頭があがらないらしい。

ほっと藤孝も息を吐き、鬼の話をはじめた。

あらましを聞き終えた在昌は、細顎を撫でて秀吉とおなじことを言った。

「人をとって食うとかではないのか」

「のう、簡単であろう。大殿が御納得されればよいのだ。『今昔物語』で読んだが、平安京のみぎり、安倍晴明公は都に跋扈《ばっこ》する怪異を封じたというではないか。鬼門封じとか、御札を貼るとかあるだろう。そういうのでいいのだ」

在昌は声をあげて笑った。

「今昔物語！　平安京は四神相応の地であり、呪《しゅ》も鬼も一定の理《ことわり》のなかで動いていた。だがいまは戦乱の世。都は荒れ果て、平安京のころと形も変わってしまった。ゆえにいまの都では鬼門封じも成り立たぬ。かの晴明が見たらなんと言うか。いや、案外面白がるやもな」

在昌は低く言う。

「武人たる兵部にもわかるはずだ。京はもう、虫の息よ」

「……………」

「応仁の乱より武士が争い、武士の棟梁たる将軍義輝《よしてる》は弑《しい》され、戦乱でおおくの者が死んだ。あらゆる瘴気《しょうき》が渦巻き、そして極めつきは——あの男」

「あの男？」

「信長よ」

在昌は憎々しげに天下の出世人の名を口にした。

「呼び捨てるな。大殿と呼んでくれまいか」

藤孝の戒《いまし》めも聞かず、在昌は首を振って嘆く。

「あの男のせいで、京はめちゃくちゃだ。納まるものも納まらぬ。海水がとめどなく入ってくる船の、ちいさな穴をひとつ塞いだところで、いずれ船は沈む」

「——沈むか」

「沈むさ。ちかいうちに」

いつのまにか陽は西に傾き、薄ら寒い風が青い花畑と、藤孝の空疎な胸を吹き抜けた。

淡い暮色に染まる巷間を見渡し、在昌は伸びをした。

「話を戻すか。その鬼は内裏を探しているはずなのに、土御門東洞院殿に連れて行ったら『ここじゃない』と言うたのだな」

話をつづける気はあるようだ、と藤孝は安堵した。

「うむ。奇妙な話であろう」

「おかしかない。鬼が探しているのは平安京の内裏だ」

「平安京の内裏？　内裏は内裏だろう」

別物だ、と在昌は言う。

「下京は洛中に留まる一方で、上京は北に広がった。いまの京は平安京のころより、ずっと北東に動いたのだ。内裏も別物だ。村上《むらかみ》帝の御代の内裏焼失など、たび重なる火災によって、北朝の光厳《こうごん》帝以降、里内裏であった土御門東洞院殿が御所となり、今に至っている。鬼が土御門東洞院殿を『ここじゃない』と言ったなら、移転前の『古い御所』を探していると考えるのが自然だ」

都が灰燼《かいじん》に帰した応仁の大乱をあげるまでもなく、京はたえず形を変えてきた。

鴨川と桂川に挟まれた方形の都市であった平安京とことなり、いまの京は上京と下京とが室町通一本で結ばれる双子都市であり、たえず土塁と堀が増築されている。土御門東洞院殿の内裏は上京の東の端にあり、裏手から鴨川までは、ここと似た麦畑がひろがっている。

約六百年、帝の威光はそこまで落ちた。

朱雀《すざく》門がそびえ、紫宸《ししん》殿や清涼《せいりょう》殿をはじめとする壮麗な建物が立ち並んでいた平安京のころに比べ、いまの内裏はたった一町四方、将軍・足利義昭《あしかがよしあき》がいた御所の約六分の一である。

鬼は平安京のころの内裏を探している。それがなにを意味するのか。

「平安のころの内裏は、いまでいうどこにあたるのだ」

問うと、在昌は母屋の奥から地図を持ってきた。

示す場所は、土御門東洞院殿よりずっと南にくだった、下京の西の端だ。

「神泉苑《しんせんえん》はかろうじて残っているから、わかりやすい。いまでは畑か貧民町か」

「鬼は、この場所へ行きたいのだろうか」

在昌は瓶子を逆さにした。酒は、空だった。

「恐らくは。しかし鬼が口ずさんだ上句についてはわからんな」

在昌は、上目がちに挑むような視線を向けてくる。藤孝は盃に残った最後の酒を干した。

「わしが調べた」

在昌はくっ、と喉の奥で笑った。

「さすが、古今伝授者」

あまりいい気分はしなかった。師匠の三条西実枝は六十八歳という高齢で病気がちではあるが、まだ存命である。源氏物語の解釈書や、歌論書を旺盛に執筆する師に及ぶとは、到底思えない。だが、いまは関係がないことだ。

正月の茶会以後、藤孝は鬼の口ずさんだ上句について調べた。

恋しきをさらぬ顔して忍ぶれば――。

「『奥義抄《おうぎしょう》』にある和歌だ。詠み人知らずで、いつごろの歌人のものであるかはわからない。が、古い歌であるのは間違いない」

下句もあっさりわかった。このような一首である。

恋しきをさらぬ顔にて忍ぶれば　物や思ふと見る人ぞ問ふ

在昌は気のない返事をした。

「ふうん。有名な歌か」

「さほど。この古歌を本歌としたであろう、派生歌のほうがずっと有名だ。『拾遺和歌集』、第六二二」

忍ぶれど色にいでにけりわが恋は　物や思ふと人のとふまで

「天徳四年（九六〇）、村上帝の御代に行われた歌合で披露された、平兼盛《たいらのかねもり》の作」

頬杖をついて、在昌はふうん、と繰りかえす。

「知らぬのか」

「知らぬ。和歌には興味がない」

「公家であるなら、それくらいは知っておけ」藤孝は嘆息した。「右方左方にわかれ、当代きっての歌人たちが十二題二十番を競った歌合だぞ。源博雅《みなもとのひろまさ》卿が読み違《たが》いをし、壬生忠見《みぶのただみ》が悶死《もんし》した歌合だぞ。知らぬのか」

在昌は呆れ顔を向けてくる。

「さきほどの鬼の歌とまるでおなじではないか。真似歌のくせをして、あとのほうが優れているとは片腹痛い」

「真似歌ではない。本歌取りという技法だ。定家《ていか》卿も『詠歌大概《えいがのたいがい》』において歌の内容は新しい詩情をとらえようとし、表現においては古歌の歌詞を用いるべきと説いている。平兼盛の『忍ぶれど』は本歌の詞《ことば》を用いつつも、忍ぶ恋が滲《にじ》みでた狼狽、詠み人の頰の血色まで見てとれるようではないか。そもそも古今集仮名序にもある。『やまとうたは、人の心を種として、よろづの言の葉とぞなれりける』と――」

在昌は細い目をさらに細めた。笑ったらしい。

「お主、まこと和歌が好きなのだな」

その一言は、藤孝の胸に深く刺さった。

素知らぬ顔で咳払いをする。

「ともかく。その歌合で『恋』を題にして出された歌が、平兼盛の『忍ぶれど』。これと競った壬生忠見の歌も、また秀歌としていまに残っている」

恋すてふ我が名はまだき立ちにけり　人知れずこそ思ひそめしか

「『忍ぶれど』と『恋すてふ』、二つの歌は優劣を判じられぬほど優れていたが、帝が口ずさんだことで平兼盛の『忍ぶれど』が優とされ、壬生忠見が負けた。『沙石集』によれば、忠見は恥辱のあまり、悶死したとも言われている」

「そこまでわかったなら、話ははやい。鬼に会って直接確かめようではないか。いまから」

さきほどまであれほど信長は嫌いだとか、勘解由小路の家は滅んだなどと言っていたのに、いやに在昌は乗り気で、下女の瓜女を呼ぶ。

逆に藤孝が躊躇《ちゅうちょ》した。

「待て、待て。鬼と歌合に関係があるかわからぬ。それに鬼に会おうと言うて会えるものなのか。もしものことがあったらなんとする」

瓜女に二葉葵《ふたばあおい》紋のついた提灯をさげさせ、在昌本人は黒い笈《おい》を背負った。いつのまにか西の空の残照は消え、あたりの闇はひたひたと濃さを増している。

在昌はにたり、と笑った。

「織田の武士《もののふ》は鬼が怖いか？」

「そういうことではない」

「では行《い》かぬか？　やめるか？」

「行《ゆ》く」

そういうことになった。

朔日《ついたち》から三、四日経た細い三日月が西の空に傾くなか、瓜女が先導する提灯がおぼつかなく揺れている。徒歩の在昌、うしろに馬に乗った藤孝たちがつづく。背の低い在昌が笈を背負うと、まるで笈が歩いているかに見えた。

松井康之が馬を寄せて囁《ささや》いた。

「殿、おかしゅうござる」

「まったく風変わりな男がいたものだ」

「違いまする、殿がです」松井は首を振った。「屋敷に行ってから殿はおかしゅうございます。賀茂さまと話しているときは妙に早口で、熱に浮かされたようです」

「ふむ、そう見ゆるか」

指摘されてはじめて気づいた。喉が渇いている。在昌とは今日が初対面だというのに、だいぶ喋った。さきを進む在昌は、右に曲がったり左に折れたり、おなじ辻をぐるぐる廻ったりとわけのわからぬ動きをしている。

「どこへ行くのか」

問うと、三白眼で睨みつけてくる。

「黙ってついて来いっ。坊ならたやすいだろうが、おれはキリシタンになってから陰陽道の修練はとんとしとらぬ。懸命に探しておる」

ある辻に着くと、在昌はぴたりと歩を止めた。笈から龍頭の香炉を取り出し、香を焚《た》きはじめる。さきほど在昌の屋敷で嗅いだ花に似た芳香が漂った。

ひんやりとした霧がにわかにたちこめ、濃淡を描く。人の気配も、どこかで鳴っていた拍子木の音も絶えた霧のなかで、在昌の声だけが静かに響く。

「好《よ》し、来たぞ」

饐《す》えた臭いとともに、忍び笑いが前方で聞こえた。家臣たちがざわつくのを制し、藤孝は耳を澄ませた。

ひび割れた声がする。

「内裏はいずくぞ」

藤孝は馬を降り、暗闇を探りながら在昌の横に並んだ。すこし緊張した彼の気を感じた。

在昌が言った。

「お前の探す内裏はもうない。天徳四年の炎ですべて焼け落ちた。南殿の橘と桜も、古今の宝物神剣も、灰となった」

「……」

十間(約一八メートル)さきにたしかに気配はある。不思議と藤孝はおどろおどろしさを感じなかった。

ただ、なにかがいる。

やがて弱い声がした。

「内裏に行けば、付句をしてくれる歌人の一人でも見つかると思うたが……もはや忠見も居《い》ぬか」声が哀切を帯びた。「どうして守ってくれなんだ」

誰も答えずにいると、あの上句が聞こえてきた。

「恋しきを……さらぬ顔して忍ぶれば……」

ここぞ、と藤孝は下の句を継いだ。

「物や思ふと見る人ぞ問ふ」

いつでも太刀を抜けるよう柄に手を掛け、家臣たちは弓を引いている。

ふふ、と笑う声がする。

笑い声はしだいにおおきくなった。

「違う、違う」

「なにが違う」

「お主歌詠みだろう。付けてみよ」

上句に新しい下句を付けろということか、と藤孝は理解した。

古の歌詠みに挑むことができるとは、面白い。負けてなるかとしばらく考え、口にした。

「――須磨のうきねに夜の更けなむ」

恋しい思いを言えず須磨に一人寝する侘《わび》しさ。どうだ、と挑む視線を向けた。

途端、それまでとは明らかに異なる下卑た笑いがかえった。

「へたくそめ」

哄笑《こうしよう》が大きくなり、家臣が弓を引き絞るのにあわせて、声が遠のく。

「当代はその程度か」

言い残して、消えた。

三

その晩、屋敷に帰りついた藤孝は倒れるように眠りこみ、翌朝起きてゆくと、離れで在昌が朝粥《あさがゆ》を啜っているところだった。

「松井といったか、『殿が目を覚ますまで帰らないでくれ』と泣きつかれた。お主、引きずられそうになっておったぞ」

鬼の瘴気に当てられたという意味だろうか。後で聞いたことだが、在昌は藤孝の寝所の前で一晩中祝詞《のりと》を唱えていたのだという。

在昌は美味そうに粥を掻きこんだ。

「さすが織田家中長岡家ともなるといい米を買っている。具合はどうだ」

「悪いところはない。とまれ、ふたたび鬼を呼んで、連歌をできぬだろうか」

匙《さじ》を動かす手を、在昌は止めた。

「お主、『へたくそ』と言われたことを気に病んでおるのか」

言葉に詰まる。じつは藤孝自身が気づいていたことだった。

自分には輝くような歌才がない。

努力はした。人一倍した。古今伝授されるほどには、世の歌詠みたちを出し抜いた。

歌を愛し、歌の良し悪しがわかり——歌を作る才がなかった。

気づいたのはいつだったか。

だいぶはやいころだったのは、たしかだ。

だが、面と向かって言われたことは一度もなかった。師の三条西実枝からさえも。

はじめて突きつけたのは、昨夜の鬼だ。昨晩とっさに藤原良経《ふじわらのよしつね》の古歌を本歌として下句を詠んだが、歌学に没頭するばかりで、真によき歌を作る才がないことを見抜かれた。

在昌が答えを待っている。ようやく声を絞り出した。

「負け惜しみで言うのではない」

鬼は「忠見」と口にした。歌合で負けた壬生忠見のことであろう。ならばあの鬼は勝者の平兼盛か。

なんとなく藤孝には、あの鬼は平兼盛ではないように思える。

声音に、言い表せぬ悲哀と失望を感じたからだ。もちろん、歌合で勝ち、勅撰集にもあまた秀歌をとられた平兼盛にも、彼なりの孤独はたしかにあったろう。

しかしあの鬼には、もっと別の悲しみを感じる。

――散りゆく桜のなかに立っているような。

いつか見た白昼夢を思いだし、胸が苦しい。

きゅうに視界がぼやけ、声が掠《かす》れた。

「あの鬼は『どうして守ってくれなんだ』と言った。我々は守れなかったのだ。京か。なにか。誰かを」

「応仁の乱は細川や山名《やまな》のせいだろ。おれたちが生まれる前ぞ」

鷹揚に呟く在昌に苛つき、藤孝は声を荒らげた。

「あいつの嘆きをなぜわかってやらぬ」

在昌がため息とともに立ちあがり、伸びあがって藤孝の目に掌を翳《かざ》す。

「座れ、『藤孝』」

途端、縄で絡めとられたように、すとんと藤孝はその場に座りこんだ。

「まだ引きずられておる」

これが陰陽師の力か、と息を呑む。

「う、うむ――」

「だいたいな、『守る』というのは、なによりも難しいことだ」

「我らにはその責がある」

「甘い。たとえば陰陽道。室町三代義満《よしみつ》公のもとで従二位というかつてない高位に昇りつめた安倍有世《ありよ》以降、中御門《なかみかど》、西洞院《にしのとういん》、錦小路《にしきこうじ》、五条《ごじょう》、吉田《よしだ》も入れるか。さまざまな分家や他家が現れたが、若狭や南都、戦乱を逃れて散り散りになり、困窮して餓死する者まで現れた。いまや土御門（安倍）は二十歳にもならぬ久脩一人の肩にかかっている。勘解由小路（賀茂）は親父が義兄《あに》を縊《くび》り殺して絶えた。残ったのはどこぞの端女《はしため》に産ませた小男が一人」

あ、と藤孝は気づいた。

なぜ在昌に親近感を覚えるのか、いまようやく理解したのだ。

たった一人残されようとしている、後継者であるから。

歌道と陰陽道。自分も在昌も、その「道」の最後の砦《とりで》になろうとしている。かたや公家の秘伝を武家の身分で受け継ぐ者。かたやキリシタンの陰陽師。正統でないところまで似ている。

もしかしたら、自身に才がないと気づいているところも。

自分はこの男だ、と藤孝は思った。

在昌は開け放たれた襖《ふすま》の外を窺い、用心深く閉めた。

くしゃみをひとつ。朝はまだ肌寒い。

「なぜ陰陽道がこれほどまでに廃《すた》れたか。帝に力がなくなったから？　庇護なくば芸事や学問は廃れる？　糞《くそ》くらえだ。では戦さのせいか？　ある意味ただしいがすべてではない」

在昌のくたびれた綿のシャツに浮き出る背骨は、痩せている。

「ひとは忘れてしまう生き物だからだ」

その言葉は、在昌自身に向けられているように、藤孝には感じられた。

「喋りすぎた。そんな顔をするな兵部」

「貴殿は、真面目な男なのだな」

「よせ、よせ」

思うままに言えば、在昌の顔が大仰に歪《ゆが》む。苦り切った顔が面白くて、藤孝はようやく笑った。

朝粥を食い終わったあと、在昌はこう言った。

「お主、じきに丹波攻めに行くのだろ。ほんらいなら慎重にことを進めたいが、知っての通りおれは京に戻ってきたばかりで、信長は嫌いだが、伝手は欲しい。『武功』が欲しいわけだ。お主もさっさと片づけて戦さに行きたい。目的は一致している」

じっさいのところ丹波・波多野秀治《ひではる》攻めは二年を経てもいまだ難航し、これ以上手間取ると信長の勘気に触れよう。来月の出兵に向けて長岡家は軍備《いくさ》えに奔走しており、鬼騒ぎにかかりきりになるわけにはいかない。

鬼よりも、織田信長のほうが怖い。

「うむ」

「お主の言うとおり、彼奴と連歌会をしよう。それが一番手っ取り早い」

藤孝は慎重に問うた。

「さっきは勢いで言うたが、ほんとうに鬼を呼べるものなのか。我らは声しか聞いておらぬ」

「捉えるには依代《よりしろ》が必要だ。彼奴はよほど歌に執着があるらしい。その『心』を利用すればできよう」

鬼と連歌をするなど、家臣が聞いたら仰天しようが、藤孝にはこのとき、それしかないと思えた。鬼は下句を付けてみよと言い、藤孝の付句に満足できず消えた。ならば鬼を満たす方法もまた、歌にあるのではないか。

歌には力がある。

胸に去来する有象無象を、三十一文字《みそひともじ》のなかにこめれば、あらゆるものが表現できると藤孝は思う。鬼がどういう来歴で鬼と成り、いまなにを求めているのかわからぬが、連歌というのは相手の心根を測り、寄りそうものである。すくなくとも、藤孝はそう思う。

考えたのち、頷いた。

「よいと思う。だが相手は鬼だ。人死になど出しては、わしが大殿に叱責されかねぬ」

これを聞いて、兵部らしい思慮深さが戻ってきたな、と在昌は皮肉を言った。

「支度には、お主にも骨を折ってもらうぞ」

四

鬼と会ってから二十日ばかり過ぎた、二月のおわりである。

長く尾を引く雲は黄金色に照って、船岡山からは遠く比叡山までもが見渡せる。藤孝は厚手の直垂《ひたたれ》に侍烏帽子姿で、惟任光秀とともに山の頂上へ向かった。

急な石段を登り、藤孝は光秀に詫びた。

「お主を巻きこんで悪かったと思っている。歌の妙手が必要だったため」

秀でた額に侍烏帽子を被った光秀は、嬉しそうにした。

「歌集に歌が残る名手の鬼と一座を成せるなど、こんな面白いことをほうっておけますか。誘っていただけなくば、それこそ恨むところでしたぞ」

かつて応仁の乱で荒れ果てたこの山は、今や馬酔木や山桜がおおく植えられ、織田家の有するところとなっている。今日は人払いがされ、万一に備えて中腹に長岡家の手練《てだ》れが控えていた。

段々道を登りきった光秀が、感嘆の声をあげる。

「山桜には早いかと思いましたが、見事にて。我らを待っていたかのようだ」

ぬるんだ微風に花の香がまじった。山の頂上はほころびはじめた山桜が、藤孝たちを手招くように揺れている。火の入っていない提灯が並ぶ道を進むと、毛氈《もうせん》が敷かれた座に、烏帽子に白い狩衣姿のちいさな人影が座って居る。

藤孝と光秀へ、その男は深々と頭をさげた。

「惟任日向守さま、御初に御目にかかりまする、賀茂在昌と申しまする」

蓬髪《ほうはつ》を油で撫でつけた在昌は、公家の置眉を引いた顔に白々と目が浮かんで、藤孝の知っている在昌とは別人のように見えた。

「危うき御役目引き受けてくださり」

光秀も頭をさげ、穏やかに応じる。

「いかようにも御使いくだされ。ただただ、物珍しさで来てしまったというのが誠のところ」

「はは、頼もしゅうございますな」

もう一組、人が登ってきた。

墨染の衣に宗匠頭巾を被った里村紹巴《さとむらじょうは》と、若い男だ。里村紹巴は連歌師谷宗牧《たにそうぼく》、宗養《そうよう》亡きあと、当代随一の連歌師として名を馳せる人物で、藤孝も光秀も親しい間柄である。

紹巴は手土産の餅菓子の包みを差し出し笑った。

「古今比類なき一座に招いていただけるとは一興、一興」

それから後ろで肩を縮こめている、背の高い二十代くらいの青年を見た。

「この者は弟子で、兼如《けんにょ》と申します。挨拶せい」

藤孝もなんどか連歌会で見た顔だ。穏やかな句を詠む男で、すこし奥州の訛《なま》りがあった。

「猪苗代《いなわしろ》兼如と申します。若輩なれど励みまする」

「賀茂どの、この者でよろしいか」

兼如にはすでに「恋しきを」の句を書き記した懐紙を持たせてある。在昌によれば、この句を「呪」とし、彼を依代に鬼を降ろすとのことであった。

透かすように兼如を見て、在昌は頷く。

「辺境育ちの俊才が、京でのしあがろうとする。向上心とうしろ暗き貪欲さが、ええ塩梅におます」

「陰陽師さま、不首尾なれば命を落としても某《それがし》は本望。鬼から古歌をすべて盗みとってやる意気でおります」

意気ごむ若者へ、在昌は嫣然《えんぜん》と笑みを向けた。

「兼如どのが御無事であられるよう、こなたがおりまする」

これらの人を呼んだのは、当代きっての連歌狂であるとどうじに、これから起こることが嘘や与太話ではないと信長に報告させるためでもある。

陽が沈み、置き提灯に火が灯された。火は青白く山桜を照らし、四人は毛氈に座る。

すでに会席は設《しつら》えが整っていた。

上座となる北側には、連歌会でかならず設える三具足《みつぐそく》、すなわち香炉、燭台《しょくだい》、花瓶が置かれている。屋内の会席では座敷飾りとして歌神である菅原道真などを描いた掛軸三幅、茶道具なども飾られるが、野外であるため、在昌がなにやら祝詞を書き入れた道真の絵軸だけが香炉の横に添えてある。もうひとつの文机には硯《すずり》と筆、懐紙を置いて、書記役となる執筆《しゆひつ》は長岡家中でも歌好きの家臣、米田求政《こめだもとまさ》がつとめる。

神酒を撒《ま》き、在昌が反閇《へんばい》で座を清め、兼如の背後に立った。

藤孝たちは、青ざめた兼如にじっと眼差しを注ぐ。

在昌の唇がかすかに動き、低くなにかを唱えている。

ざわざわと風が桜の枝を揺らし、やがて兼如の目が閉じられた。

「『おれはもう人には憑《つ》かぬと決めたのによ……なぜ呼ぶ』」

兼如の声でない、しゃがれた声がする。

目の下に濃い隈が刻まれ、頬はこけ、餓鬼のような形相となった何者かの、両の眼がひらく。

爛々《らんらん》と輝く瞳が、ここはどこであるかと窺うように夜空を見あげた。

鬼が降りた、と藤孝は光秀と目をあわせ、頷きあった。信じがたい気持ちと、奇妙な興奮があった。逃がしてなるかと、藤孝は早口で言った。

「詠み人知らずの鬼よ。お主の発句に付ける。今宵お主のために一座を設けたのだ」

鬼は順繰りに藤孝、光秀、紹巴を見た。

「なんだ、下手の歌詠みか。仲間を連れてきても変わらぬぞ」

「ここに侍《はべ》るは当代随一の連歌師たちぞ」

ほう、と鬼の口元が緩む。

「連歌。おれの生きていたころには、そういうものがなかった。壬生父子《おやこ》ともしたことがなかった」

また壬生忠見の名が出た。やはり彼と親しかったらしい。

上句と下句を応答する短連歌は万葉集のころからあったが、いまのように何句も繋《つな》げる長連歌の形式が整えられたのは南北朝から室町初期のことである。

鬼はにいっと笑った。兼如にはなかった犬歯が見えた。

「付き合《お》うてやるか」

よし、と藤孝は拳を握る。ここで逃げられては面目がたたぬ。

「連歌は長句と短句を順繰りにつなげてゆく。本来ならば百韻がよいが、時もかかるゆえ、略式の歌仙（三十六句）とする。やり方はわかるか。わからねば、都度《つど》都度説明する」

鬼はこくりと頷いた。

「ではお主の『恋しきを』を発句として――」

「待て」鬼が遮《さえぎ》る。「こんなによい夜だ。おまえたちにおれが挨拶する」

こいつ根っからの歌詠みだな、と内心舌を巻く。

光秀が鬼を褒めた。

「発句は時宜にあった景物を詠み添え、連衆に挨拶する心が肝要と言います。生きたときは違えど、あなたは心をお持ちのようだ」

こうして一座がはじまる。

夜桜の木のもとに座り、幹に背中を預けた在昌が呆れたように言った。

「お主ら剛の者よな。鬼と関わるなど、ふつうは恐れるものだ」

剛の者というより、業の者だ。ここに集った歌詠みはそういう者だ。おべんちゃらや冴えない句を並べた座には、飽き飽きだ。

伏せた目に光を宿し、紹巴が言う。この男も連歌で日の本を組み敷こうというのだから、とびきりの業の者だ。

「よい付句が詠めれば、鬼だろうと修羅だろうと素性は問いませぬ」

そういう者たちだ。

鬼の降りた兼如の口から言葉が流れ出る。

発句である。


「さく花もかずかずの世の夢のすえ」


ざわ。

それまでと違うように桜がざわめき、闇が濃さをます。洛外にかすかに見えていた木戸番や屋敷の光が消えた。闇のなかに、こちらを見つめる無数の気配を感じた。

ここが、船岡山でなくなった。

在昌が声をあげる。

「おう、此岸《しがん》から離れたぞ」

つづけて大丈夫か、と目で在昌に問う。

よい、と在昌は頷いた。おそらくはこの場に余計な存在が入って来られぬよう、結界を施してあるのだろう。

発句を復唱する。いま咲く花も、記憶の花も、あまたの桜を見、詠んできた鬼が、それを夢の果てのように想起する。そういう句だ。天正六年の船岡山の桜が、位相をうつして千歳《せんざい》の桜と繫がった。

内から沸き起こる高揚に、藤孝は唇を嚙みしめる。光秀も紹巴もなにも言わないが、横面を張られたような心地がしているだろう。

――並の心構えでは歯がたたぬ。

どうじに、こうでなくてはと思う。

無言の連衆を見て、不機嫌そうに鬼が問う。

「障りがあったか。見よう見真似ゆえ、式目は詳しくない」

宗匠役も務める紹巴が、端然と答えた。

「風体よき発句にて。一直の必要もなし。脇（第二句）は亭主がやるが常道。兵部どのに御願いしましょうな」

発句の詠む境地に打ちそい、世界を広げるのが脇句の役目である。鬼の心を深掘りする句としたい。なにより先日の意趣がえしをしたかった。
武者震いをこらえ、藤孝は付けた。

「たれぞと問はむ春のふる里」

おまえはいつの者で、誰なのだ、と問うた。
「ふうん。お前なりの景色がある。この前よりはましだ」鬼の目がふ、と遠くを見る。
「壬生の親父と会《お》うたのは、まさに春の叡山であったよ」
壬生父子と会い、そしてなにがあったのか。
鬼はなかなか明かそうとしない。
春句は五句までつづけてよいのが式目である。第三の光秀も春の長句を詠む。

「帰り路ははぐれし雁《かり》の友ならむ」

発句、脇からぐっと景色が転じた。
藤孝の詠んだ前句の「ふる里」を寄合とし、北国に帰る春の雁を呼びだす。また「問ふ声」に雁の声を重ねるという手法である。凝《こ》った句ではないが生の実感にみちて、光秀らしいな、と思う。

「友、そう。忠見とおれは友だった」

雁の音《ね》に誘われ、鬼のしゃがれ声は、はるかむかしをたしかに生きた男の声となった。

「おれの発句から、どんどん景色が、心地が移り変わってゆく。ああ。由《よし》なしごとが蘇《よみがえ》ってくる」鬼はごつごつした手で顔を覆《おお》った。「おれは、忠見を見捨てて逃げたのだ。歌を止めてくれ」

藤孝は淡々と言った。

「二条良基が『筑波問答《つくばもんどう》』にいわく、『連歌は前念後念をつがず。又盛衰憂喜、境をならべて移りもて行くさま、浮世の有様にことならず。昨日と思へば今日に過ぎ、春と思へば秋になり、花と思へば紅葉に移ろふさまなどは、飛花落葉の観念もなからんや』と。連歌は時を飛び越え、移り行くもので、浮世のありとあらゆるものを取りこむ。一句で完結した世界を描く和歌もよきものだが、流れ去るものこそ連歌である。つづけるぞ」

指の隙間から、鬼は藤孝を恨めしげに見た。

「兵部、鬼め」

藤孝は素知らぬ顔をつらぬいた。

紹巴の第四。乱れた座の空気を読んで、破調で応じた。

「出句《しゆつく》あしきにいささかひぞする」

「そ、宗匠どの」

「これは思い切りましたね」

平易な句を好む紹巴からは想像もつかない、連歌の格調高さからおおいに逸脱した、ほとんど狂句《きようく》のような付句である。前句との関係もはっきりせぬ。そもそも連歌にも序破急があり、はじめは神祇、釈教、恋、無常、戦、病など強い印象をあたえる句は避けるのが通例である。

藤孝と光秀が慌てると、紹巴は懐から扇子を抜いて、ぴしゃりと膝を打った。

「凡俗でありますかな？　問おう。凡とはなにか。俗とはなにか。花を美しい、秋をあわれだ、そう詠むだけが歌の道ですか。凡俗の暮らし、戦さの世、道端の父《てて》なし子から目を背《そむ》けてなんの風雅であるか」

鬼は一瞬口を開け、ほろりと言った。

「なんと。戦禍すらをも詠むのか、当代は」

紹巴の目はぎらついて、この宗匠にこんな激情があったのかと、藤孝は気圧《けお》された。

やがて紹巴は扇子を開き、己をはたはたと扇いだ。

「永き宿業を経た御仁に、並の句では礼を欠こうというもの。愉《たの》しみ尽くして貫いたい。それが連歌の心にて」

くくっと声がした。

鬼が笑っていた。

「お前らはまこと、むかしの歌詠みと変わらぬ。掛詞《かけことば》ひとつ、てにをはひとつに心血を注ぎ、他人と比べて一喜一憂し、諍《いさか》いすら厭《いと》わぬ。忠見のやつも、そうであった。和歌《うた》がすべてだった。万葉集と古今集どちらが優れているかで言い争いし、負けたおれが家を飛び出したこともあったよ」

正座を崩し、胡坐《あぐら》をかいて鬼は藤孝たちを見回した。

「まったく変わらぬ。愚かで、悲しく、愛《う》い」

そんな愚かで悲しく、愛おしい人間の本然を、つぎの世まで守りとおせるのか。

重い考えを振り払うように、藤孝は桜の木の元の在昌へ声をかけた。

「つぎは貴殿ぞ。月の定座《じょうざ》ゆえ、月を詠むのが好い」

「はあ？　おれは歌は詠まぬ」

「連歌では一巡と言うて、連衆全員がまず一句出す決まり。上品下品は些末《さまつ》。詠み給え」

鬼もにやにや笑って囃《はや》す。

「当代の陰陽師はえらくだらしないのう」

「さあさ。寄合式目などあまり気にせず、気楽に」

光秀にまで急かされて、在昌はぶつぶつ文句を言った。しおらしい京の陰陽師ふうの取り繕《つくろ》いなど、すっかり忘れてしまっている。


「歌枕まつや今宵の月出でて」


「おや、上手上手」

藤孝が手を叩くと、在昌はやかましい、と顔を背けた。

連衆すべて一巡した。

高麗《こうらい》茶碗に点《た》てられた薄茶を飲み、鬼は驚いてむせこんだ。

「な、なんぞこれは。薬湯か。苦い」

光秀が興味深そうに問う。

「あなたのいたころは、喫茶の習慣はなかったのですか」

「知らん。酒《ささ》を飲ませろよ。飲まずしてなんの人か。大伴家持《おおとものやかもち》も言っている」

「仕方ないのう」

一巻巻いてからと用意していた酒を、藤孝は供した。

瑠璃盃を勢いよく呷り、鬼がほう、と息を吐く。

「こんなに心が弾んだのは久方ぶりよ」

藤孝は光秀と顔を見あわせてにんまりと笑う。

「一巡なぞで満足してもらっては困る。五箇の景物のうち時鳥《ほととぎす》、紅葉、雪も出ておらぬ」

「恋句《こいのく》もありますよ。あなたの恋句が聞きたいものです」

眉を吊りあげ、鬼が嘆く。

「鬼より強欲な歌詠みどもめ」

暗闇に浮かぶ船岡山で時鳥が鳴き、鹿の妻問《つまどい》の声がし、稲妻が走り、雪すら舞い散り、四季がめぐり、そして静かになった。

なにも聞こえず、ただはらはらと桜の花びらの一片が落ちるのみだ。

三十六句目、挙句となった。

ただ満ちたりた空気だけがある。

たゆとうように、鬼は語りだした。

古き歌詠みであった者が歌に執着するあまり、死してなお鬼となり、壬生忠岑《ただみね》、忠見父子に憑いた。人と鬼でありながらも、彼らは和歌という一点において通じあった。運命の天徳四年。身分の低い官人だった壬生忠見にとって晴れの舞台である内裏歌合で、忠見は鬼の力を借りず「恋すてふ」を詠み、鬼の「恋しきを」を本歌取りした平兼盛の

「忍ぶれど」に負けた。

　忠見もまた、無念のあまり鬼と成った。

　はらはらと涙をこぼし、鬼が泣く。

「おれは逃げた。歌からも、忠見からも」

「……………」

「晴明《はるあきら》はおれを消さなかったよ。おれはただ彷徨《さすら》う思念となって、叡山にひっそりといた。もはや人に憑くこともなく、いつか消えるときを待って。百年、二百年たち、桜散るなかで人々が連歌をするのを見た。楽しそうで、羨ましくて」

　すこしまえに流行した「花の下《もと》連歌」であろう。桜の木のもとで身分を問わず、公家も武士も町人も百姓も、賤民《せんみん》すらもおなじ一座で句を交わす時代があった。

「一度は歌から逃げたが、おれにはやっぱり歌しかないのだ」

　そうして戻ってきた。戦さで荒れ果てた京へと。

　在昌は静かにこちらへ歩いて来て、鬼を見おろした。手には三具足とともに据えられた歌神菅原道真の絵軸がある。

　涙の痕《あと》が残る頰を、鬼は在昌へ向けた。

「歌はおれを見放しもせず、変わらずただ在《あ》った。楽しかった。桜も、月も、雅も俗も見た。ただ暗闇に向けて呟くだけで、応《いら》えなぞかえって来なかったものが、今日応えをもらった。三十六句にもなった」

兵部、と鬼は優しく藤孝を呼んだ。

「お主はおれを消したいのだろ。好きにするといい」

胸が締めつけられ、藤孝は在昌を見あげた。

「在昌。この鬼を誠に消さねばならぬか」

白眼がこちらを向く気配に、身が竦む。それでも言葉を継いだ。

「歌道千年、戦乱の世に絶えなんとしている。師三条西実枝が死したのち、おれは歌を一人で守れるのか。おれには――」

才がない。

だのに守ることなどできるのか。

言葉が溢《あふ》れだした。

「鬼よいくな。お主に聞きたいことが山ほどある。いくな」

また一つ、落ちる桜の花びらに、在昌の低い声が混じる。

「歌。それは呪だ。名づけえぬ心持ちに愛おしい、恨めしい、そういう言葉の器を与えれば形となる。三十一文字はなによりも強い器にして、呪よ。兵部、覚悟を成せ」

陰陽道勘解由小路家当主、賀茂在昌はすでに覚悟を成した。

白眼が問うている。

藤孝は唇を嚙んだ。

句を挙げる。

「夢のちけふの花ぞ散りけむ」

あ、と光秀が声をあげた。

「花と夢。遠輪廻だ……」

挙句が発句に戻る遠輪廻。それはすこし前に光秀が犯した禁でもある。千年の夢のすえの桜と、夢から醒《さ》めた今日の桜が結びつく。円環状の「檻《おり》」となる。流れゆくものが連歌の本質なれば、挙句が発句に戻っては一巻が閉じてしまう。果てない輪廻となる。

此岸から離れた一巻ごと、鬼を閉じこめる。

在昌が歌神の巻物を広げれば、なかから淡い光が漏《も》れだした。

「――」

ざ、と桜が散った。一片また一片、我先にと争うように散り、渦を巻いて藤孝たちを取り囲む。

花吹雪の向こうで鬼が笑っている。

「今宵もうつくしい桜よなあ」

「人あるかぎり、おれは在る。だからお主も抗《あらが》いつづけろよ、兵部」

灯火がいっせいに消え、兼如が仰向けにどっと倒れた。

藤孝も桜吹雪も、常闇に溶けて消えた。

「……うむ」

五

丹波への出兵の直前の三月上旬、藤孝は船岡山麓《ふもと》、櫟谷七野社ちかくの在昌の庵《いおり》を訪ねた。

在昌は最初会ったときと変わらず、庭いじりに忙しく、藤孝は縁側で瓜女の出してくれた生姜湯を飲んだ。

青い花畑のわきの新しい畝には浅緑色のあたらしい芽が出て、ぐんぐんと伸びている。

在昌はなにかの種を蒔《ま》くので忙しく、尻を藤孝に向けたまま問う。

「兼如どのとやらは、息災か」

鬼の依代となり最後には昏倒《こんとう》した兼如は、数日寝こんだのち元気に起きあがり、語った。夢で古風な水干《すいかん》らしき衣を着た男を追いかけたが、男はこう言って消えたのだと。

「こんどこそおれは、人を鬼にはせぬ」

口惜しや、と兼如は嘆いて師匠の紹巴に叱られているらしい。

船岡山での連歌懐紙は美しい鳥の子紙に清書をして信長に献上され、はやくも噂を聞きつけた公家らが懐紙を見たがっているとのことである。公家のみならず、それまで歌に興味のなかった羽柴秀吉までもが悔しがって、「某も連歌をしたい。長岡どのが三十六句なら某は百、いや千句だ」と息巻いているという。

そのことを話すと、在昌は毒づいた。

「やはり織田というのは浅ましいものよ」

あのあと惟任光秀からは長い文をもらった。口では言いづらいからと断って。

文には、「此度の件、はじめは手柄を奪われ憎く感じもしたが、兵部どのが背負われるものの重さを知らずにいた自分を恥じた。丹波攻めでは自分が兵部どのを御守りする」などと書かれていた。

熱い男なのである。

陽だまりのなかで、藤孝は目を細めた。

「貴殿がなぜキリシタンに改宗したのか。なんとなくわかった」

「へえ」

「勘解由小路は暦道の家だ。宣教師たちは南蛮の優れた天文学、暦学を有している。何千里も離れた海を渡ってこられるほどの。貴殿はそれを学ぶためにキリシタンになったのではあるまいか」

在昌は新しき学問を求め、本朝の暦道に生かそうとしているのではないか。勘解由小路は滅んだと口では言いつつ、その実、家を生かそうと懸命になっているのではないか。そう思えばこの小男が目映《まばゆ》く見える。

在昌は、はぐらかした。

「さあ、どうだろうな」

蕨《わらび》、ぜんまい、野萱草《のかんぞう》など山菜を入れた籠《かご》を小脇に戻って来て、柄杓《ひしゃく》で水を飲み、どかりと縁側に腰をおろす。

「気が変わったので教えてやろう。鬼は消えていない。遠輪廻に閉じこめただけだ」

驚いて目を遣ると、在昌は眉を動かした。

「というか消せぬのだ。鬼あるからこその人よ。人の心に鬼が棲《す》むからこそ、人は歌を詠む。舞い、鼓《つづみ》を打つ。形は変わるかもしれぬが、人ある限り、あれは在りつづける。そういうものだ」

言って、在昌は奥から巻物を取ってきた。表紙と紐の色で、船岡山で鬼を消すために使った天神の絵軸と知れた。意味ありげに三白眼を瞬《またた》かせ、在昌はこちらを見る。

「閉じた輪廻を解くか。どうする」

ふたたび問われているのだ、と理解した。道を継ぐ覚悟のほどを。

「解こう」

輪廻を解く方法は、おのずとわかった。

挙句を変えればよい。発句に戻らぬものにすればよい。挙げるとは言祝《ことほ》ぎ、高きへゆかせることだ。

在昌の持ってきた籠から野萱草を手にとり、若い葉色に目を凝らす。

するすると解かれた巻物へ、藤孝は新しい句を挙げる。

「心の種をのこす言の葉」

すう、と春風が吹いて、さざめくような笑い声が遠ざかる。それで成った。

自然と心は凪いで、これでよいと思えた。

在昌の声が躍っている。

「無事で丹波より戻れよ、兵部。また酒を飲もう」

夢枕獏

哪吒《なた》太子

一

梅雨があけたのである。

あけた途端に、青い空が広がり、ほどよい風が吹きはじめた。

ただ、暑い。

風さえあれば、木陰でその暑さをしのぐこともできるが、日差しから隠れる場所のない大路や野原では、ただひたすらに暑いだけである。

ただし、水の中は別だ。

露子《つゆこ》は、水に膝まで浸かっている。

白い小袖の袂《たもと》をあげ、襷掛《たすきが》けにして、衣の裾を持ちあげ、川に入っているのである。

紙屋川《かみやがわ》だ。

水は澄んでいて、水中でも、露子の白い素足が眩しく光っている。

「そこよ、けら男《お》、そこはまだ笊《ざる》を入れてないわ」

言われたのは、露子より少し下流にいる十歳になったかどうかと見える、やんちゃそうな子供――けら男である。

手に笊を持ったけら男が、身をかがめて、笊を水中に入れ、底の泥に差し込んで、右足で上流側の泥を掻きまわす。

澄んだ水が、たちまち茶色く濁った。

けら男は笊を持ちあげると、

「いるぜ、いるぜ」

大きな声をあげた。

笊の中で、くねくねと身体を動かしているのは、泥鰌《どじょう》である。

全部で六尾いる。

他に小鮒が三尾。

「どぜうに、ふなも入ってるぜ」

けら男の横で、嬉々としてそう言ったのは、左手にぶら下げた魚籠《びく》を、半分水中につけたいなご麿《まろ》である。けら男とあまりかわらない歳頃の子供だった。

「やっぱりね」

嬉しそうにそう言った露子は、十八歳になる。

四条大路に屋敷を構えている橘実之《たちばなのさねゆき》の娘なのだが、同じ歳頃の女のように、御簾《みす》の向こうに姿を隠していたり、外へ出る時も被衣《かつぎ》で顔を隠したり、ということをしない。長い髪を、頭の後ろで束ねているのだが、そのなりも、男のようである。見ただけでは、十四、五歳の少年のように思える。

しばらく前までは、

「露子や、そろそろ、普通の娘らしく、歌のことを学んだり、宮中の作法を教わったり、いろいろ人がましいことをやってほしいのだがねえ——」

と、父である実之が言うこともあったのだが、この頃はそんなことも言わなくなった。

「おまえは、本当に、虫や蟲のことが好きなのだねえ」

この実之の嘆息には、もうあきらめが混ざっているのだが、実之は実之なりに、娘のことを愛しているらしい。

「もう、今ごろは、田で卵を産み終えて、どぜうが川にもどってるころだって言ったでしょう」

けら男といなご麿が、笊の中で身をくねらせている泥鰌を摑んで、魚籠の中に入れている。

川岸の草の中に、黒い水干を身に纏った男が立って、三人の様子を眺めているらしい。らしいというのは、被った烏帽子の前面から、四角い黒い布が垂れ下がっていて、その顔を隠しているからである。

身につけているのは、ただの水干ではない。というのは、背中側——ちょうど左右の肩甲骨のあたりに一本ずつ、つまり二本の裂け目が入っているからである。

男の背後には、桜の樹が生えていて、男は、その葉桜の梢が作った影の中に立っている。

「もう、これぐらいでいいかしら——」

露子は、額の汗を、白い左手の甲でぬぐった。

露子の白いふくらはぎを、冷たい澄明な水が撫でてゆく。

「まだまだ捕れるぜ、露子よう」

「もっと捕って、家に持って帰って、こいつを喰おうぜ」

「お父も、おっ母《か》あも喜ぶぜえ」

「うん」

けら男といなご麿の口調は、同じ歳頃の遊び仲間と話す時のように遠慮がない。

露子の方が齢上で、しかも身分から言えばやんごとない家の姫であるのだが、露子がそういうことに頓着《とんじゃく》しないので、普通にこのような口調になってしまったのである。

他にも、ひき麿《まろ》、雨彦《あめひこ》といった、似た歳頃の仲間がいるのだが、今日はふたりの顔は見えない。

四人とも、口のきき方はぶっきらぼうだが、露子のことが好きで好きでたまらぬらしく、このむしめづる姫の言うことは、何でもよく聞くのである。

「これくらいでいいの。けら男といなご麿の家で今夜食べるのにちょうどいいぐあいよ。それ以上はいらないの」

「露子よう、おまえんとこじゃ、このどぜうは食わんのかよう」

「家では食べるけど、今日捕ったこのどぜうは食べないわ」

「食べないで、どうするんだよ」

「飼うのよ。飼って、いろいろ眺めてね、たくさんのことを教えてもらうの」

「どぜうにかよ」

「そう。それがおもしろいの」

「どぜうがしゃべるのか」

「しゃべるわ。どぜうだけじゃなくて、花だって草だって、蟻だって、しゃべって、いろんなことをわたしに教えてくれるのよ」

「ああ、また露子のおしゃべりが始まっちゃったよ」

「はじまった、はじまった」

「なによ」

「おこるなよう、露子よう」

「そうだ、おこるなよ」

三人の会話は、楽しそうである。

「さあ、あがりましょう」

そう言って、上流に身体を向けた露子が、

「まあ……」

踏み出しかけた左足を、水中で止めていた。

露子が声をあげたのも無理はない。

露子のすぐ眼の前に、人が立っていたからである。

しかも、その人というのが、大人というよりも子供——いや、十三、四歳の少年だったからである。なお言えば、その少年は、露子のように、水中の川底に立っていたのではなく水の上——水面より少し上の空中に立っていたからである。

「な、なんだ、おまえ」

「いつ、来たのだ」

けら男といなご麿も、驚いたということでは、露子と同じであった。

しかも、その少年は、どうやら異国のものらしい戦装束《いくさ》に身をかためていたのである。

腰から膝上までの、白い袴の如きものを穿き、両の脛《すね》はむきだしで、素足であった。

胸から腹にかけては、金で縁《ふち》どりされた、腹がけに似た青い胴当《どうあて》のようなものを身につけていた。金属のようにも、何かの布のごときものとも見えた。その青い胴当の中央に、蓮の花と葉が描かれている。

腰に巻いているのは、革の上に黄金と見える飾りをあしらった帯であった。帯の左腰からは、刀《とう》が横にぶら下げられ、帯の右腰あたりには、二重三重にまかれて、輪になった縄がぶら下げられていた。

刀より少し後方には白い布のようなものが巻きつけられている。背に斜めに負っているのは、剣で、その柄はちょうど右肩のあたりにあった。何かあれば、すぐにでも、右手でその柄を握ることができる。

そして、右手首と左手首には、金属の輪が嵌められていた。

さらに、石突を水に突き立てるようにして、少年は一本の槍を、その左手に握っていたのである。

頭の左右には、髪をふたつに分けて結いあげられた髷《まげ》がひとつずつ——つまり、ふたつ、ちょこんと乗っている。

いかめしそうに、眉をひそめてはいるが、その顔には、まだあどけなさが、残っていた。

そして、よくよく見れば、少年の素足の下に、左右ひとつずつ、合わせてふたつの車輪が回転しており、足はその車輪の上に乗っているのである。

車輪の径は、三寸ほどで、その下部は、水面より一寸半ほど上に浮いているのである。さらに、車輪の上に乗っていると見える足も、実は車輪の上部より、一寸半ほど上に浮いているのであった。

いったいどのような原理をもって、そのようなことになっているのか。

ふたつの車輪からは、小さな赤い炎がちろちろと幾つも湧き出ている。その炎の動きや、川の流れによって、水面に自然に生じているさざ波とは別に、車輪の下に生まれ続けて広がってゆく波紋を見ると、その車輪からは風のようなものまで出ているらしい。

「あなたはどなた、どこからいらしたの？」

露子が訊ねると、

「僕《わたし》の名は、哪吒《なた》。海の向こうの国からやってきました」

「海の向こうって、それは唐の国ってこと？」

「そうです」

「でも、とても遠い国よ。昔、阿倍仲麻呂さまや、空海さまがいらっしゃったところよ。いったいどうやっていらしたの？」

「空を飛んで――」

少年の足の下の車輪が、

ふうううん……

と回転速度をあげて、少年の身体が、六尺ほど宙に浮きあがった。

車輪から出ている炎が強くなり、風も強くなったようであった。

「まあ」

露子が驚くと、少年は再びもとの場所までもどってきて、また、水面のやや上に浮いた。

「どうじゃ、男《お》の童子《わらわ》よ」

「なによ、男の童子《わらわ》って。わたしは女よ。それに童子《わらわ》でもない、十八よ」

「僕《わたし》から見れば、十八も二十歳も童子《わらわ》と同じじゃ。僕《わたし》は、今、千と八百八十八歳だからなあ」

哪吒が、心もち胸を反らせている。

「本当に？」

「嘘なぞつかぬ」

哪吒が、きっぱりと言った。

露子はしげしげと、哪吒を見つめてから、

「それで、何の御用なの？」

「捜しものをしておりました」

哪吒の口調が、また、丁寧になった。

「捜しもの？」

「あるものを捜して空を渡っていたところ、あやしき気配を感じて下りてきたのですが、どうやら、あなたではないようだ――」

声は、少年のように高いが、その口調は顔つきに似合わず、大人びている。

少年――哪吒は、けら男といなご麿を見やり、

「そこのふたりでもないようですね」

その眼が動いて、次に桜の樹の下に立っている黒い水干を着た男の上で止まった。

「おまえか」

哪吒が言った。

「何のこと、黒丸《くろまる》がどうかしたの？」

「女《むすめ》よ、もう心配することはありませんよ。この僕《わたし》は、三百年以上も昔、斉天大聖《せいてんたいせい》と名のる石猿が化した妖魔と闘って、これをこらしめてやったこともありますからね。危ないから、そこを動いてはなりませんよ」

哪吒の身体が、またもや宙に浮きあがった。

黒い水干の男――黒丸の前、水面から三尺の宙に浮いて、哪吒は、右腰にぶら下げられていた縄を取りあげ、左手に持っていた槍を、そのまま下に投げ落とした。

槍の石突が、川底に突き立った。

「いかに姿を変えたとて、この妖しき瘴気、僕《わたし》の眼はごまかせませんよ」

びゅう、
と、音をたてて、その縄を振った。

「何をするの、わたしの黒丸をどうするつもり⁉」

露子が叫んでいる間にも、縄の先がするすると黒丸に向かって伸びてゆく。

その首に、縄が巻きつくかと見えた時、黒丸が横に跳んで逃げた。

縄の先が、黒丸の顔を隠していた黒い布にからみついて、それを引き裂いた。

黒丸の顔が、あらわになった。

顔白く、紅を塗ったように、唇が赤い。あらわれた両眼は、蝶と同じ眼の複眼であり、緑色をしていた。

「やはり、妖しのものだな」

伸びた縄が、哪吒の方へもどってゆく。

その間に、黒丸の水干の背にあるふたつの裂け目から、黒い木の葉のごときものが伸びてきた。伸びるそばから、それが広がってゆく。

黒丸の背から生え出てきたのは、大きな黒い蝶の羽根であった。

それを、ひとふり、ふたふりすると、黒丸の身体が、宙に浮きあがった。

「おう、これはおもしろし。ならばこれはどうじゃ——」

哪吒が、縄をひと振りすると、今度は、縄先が横なぐりに、黒丸の頭部を襲ってきた。

その時——

黒丸の口が、かっ、と開かれ、そこからひと筋の白いものが吐き出された。

それは、糸であった。

その糸が、宙で縄をからめとった。

「む」

と、哪吒が縄を引いた。

糸と縄とが、ぴん、と張って、哪吒と黒丸の間で一直線になる。

「やめなさい、ふたりとも!」

露子が、大きな声で叫んだ。

二

梅雨があけたとたんに、蟬が鳴きだした。

陽差しの中で蟬の声を耳にしていると、暑さがさらに増したように思える。

午後になり、陽が傾いてくれば、多少は暑さが緩んでくるものの、それでも陽のあたる場所へは出たくない。

土御門大路《つちみかどおおじ》にある晴明《せいめい》の屋敷——

簀子《すのこ》の上に座して、晴明と博雅《ひろまさ》は酒を飲んでいる。

肴は、鴨川で捕れた鮎を焼いたものだ。

簀子の上に直接皿を置いて、その皿の上に焼いた鮎が二尾載っている。最初は四尾の鮎が載っていたのだが、二尾は、すでにふたりの腹の中におさまっている。

千手《せんじゅ》の忠輔《ただすけ》という鵜匠から、昼前届いたものだ。

それを肴に一杯やらぬかという文《ふみ》が、晴明から博雅に届けられて、しばらく前に、いそいそと博雅がやってきたところであった。

ふたりが座しているのは、ちょうど簀子の上に軒が影を落としているところであった。昼を過ぎてから、ほどのよい風が吹きはじめたので、陽陰《ひかげ》にいれば、わずかながら涼がとれるのである。

ふたりが酒を飲むのに使っているのは、唐から渡ってきた瑠璃《るり》の盃である。薄く緑色を含んだその瑠璃の色が、なんとも涼やかだった。

「ところで、博雅よ」

晴明は、干したばかりの瑠璃の盃を、簀子の上に置きながら言った。

「なんだ、晴明」

博雅は、まだ酒の残っている盃を手にしたまま、晴明を見やった。

ふたりの傍《かたわら》に座した蜜虫《みつむし》が、瓶子《へいし》を手にして、空になったばかりの晴明の盃に、冷たい酒を注ぎ入れる。

「藤原兼家《ふじわらのかねいえ》殿のことだが、何か聞きおよんでいるか――」

「このところ、御悩《ごのう》とのことで、ひと月近く昇殿なされておらぬという話だが、それがどうしたのだ」

「他には？」

「他にはって、まだ何かあるのか」

「ある」

「何があるのだ」

「兼家殿、このところたいへんな食欲で、一日中何かしらめしあがっているらしい」

「一日中？」

「眠っている時と、あちらのほうの時以外はということだ」

「あちら？」

「女さ」

「おんな？」

「うむ」

「それはつまり、昇殿せぬのは、御悩が原因ではなく、ものを食うているからと、そういうことか――」

「ああ。ものを食うて、色ごとに耽けるというのが御悩ということなら、まさしく病が原因ということになるのやもしれぬがな……」

「兼家殿の色ごとのことであれば、それはいつものことであろう。しかし――」

「しかし？」

「一日中食べ続けるというが、そんなことができるのか」

「兼家殿は、できているということなのだろうな」

「だが、晴明よ、おまえ、どうしてそのようなことまで知っているのだ」

「忠輔殿が教えてくれたのだ」

「では、忠輔殿は、どうしてそのようなことまで知っているのだ」

「屋敷の者から耳にしたと言うていたな……」

「屋敷の者って、それは兼家殿の屋敷の者ということか――」

「うむ」

晴明はうなずいて、簀子の上から、あらたに酒の満たされた盃を手にとった。

「実は、この五日で、忠輔殿、頼まれて三百尾の鮎を兼家殿の屋敷へとどけたらしい。昨日、届けたのが五十尾――その時に、屋敷の者が、〝御苦労であった、どうせ、この鮎も兼家さまが全部お食べになってしまうのであろうがな〟と言うていたということだな……」

言い終えて、晴明は、瑠璃の盃を口元まで運び、ひと口、ふた口、うまそうに酒を飲んだ。

「このひと月、食べ続けているというのは？」

「兼家殿の屋敷の者から、じかに耳にした」

「なに？」

「実は、忠輔殿が帰った後、つまり博雅よ、おまえのくる少し前に、兼家殿の屋敷の者がやってきて、このおれに、どうか助けてはくれまいかと言うてきたのさ」

「――」

「それが、兼家殿の食の件でな、このまま食べ続ければ、兼家殿、お太りあそばされて、もう数日で死んでしまうかもしれぬというのさ」

「ほう？」

「しかも、この数日、太る以外に、お姿の方まで、おかしくなってきているのだと――」

「姿？」

「こういうことさ」

晴明は、盃に残った酒を干し、やってきた兼家の屋敷の者が語ったという話をしはじめた。

三

兼家がおかしくなったのは、ひと月ほど前からである。

その朝、目覚めた時に、まず口にしたのが、

「腹が減った」

という言葉であった。

いつもと少し口調が違う。

やんごとない身分と血筋を持ち、殿中にも上ることが許されている人間としては、やや下卑た言い方であった。

あれこれ食事を用意させ、口もすすがずにそれを食べた。常であれば、ひとつの膳ですませるところをもっともっとと三膳、三倍も食べてしまった。

参内せねばならぬ日であったにも関わらず、

「今日はやめじゃ」

屋敷を出るのをやめてしまった。

「急な病《やまい》と伝えておけ」

そしてまた眠り、昼頃に起きて、

「腹が減った」

いつもは食べない昼餉を食し、また眠ってしまった。

夕方になるとまた起きてきて、

「腹が減った」

夕餉の膳を、普段の三倍腹に入れた。

出かけぬと朝口にしたはずなのに、

「出かけるぞ」

そう言って、車を用意させ、いそいそと西の京にいる女のもとへ通った。

明け方には帰ってきたのだが、しばらく眠ったあと、

「腹が減って眠られぬ」

起きてきて、食事を摂り、また眠った。

昼餉を食べ、眠り、起きて夕餉を食べ、今度は四条大路にいる別の女のところへ通った。

そういうことが十日続いた。

この十日のうちに、一度の食事で膳が三つだったものが、四膳、五膳となり、やがてそれ以上となった。毎晩女のもとへ通い、半月も過ぎた頃には、屋敷や女の所へも楽師などを呼びよせ、毎晩のように宴を催すようになった。

　さすがに、家の者が、

「少し度がすぎるのではございりませぬか」

　このように諫言したが、

「うるさい」

　兼家は、このように言って、相手にしなかった。

　見舞いに来た人間は、門前で追いはらってしまう。

「もう、宮中でも噂になっております。食事も女も結構でございりまするが、参内のことをないがしろにしてはなりませぬ。お兄上の兼通《かねみち》さまのところからも、また様子うかがいの者がやってまいりましたぞ――」

「放っておけ」

　二十日を過ぎる頃には、以前より、ふたまわり、三まわりほども身体が膨らんで、もともと小太りではあったのだが、立つのも億劫になり、下のことまで自分で始末するのがたいへんになってしまった。

　何かが食べたくなると、それを持ってこさせ、それればかりを食べる。

　少し前には、

「鮎を食いたいな」

　そう言い出して、鵜匠の忠輔に使いの者をやって、ありったけの鮎を届けさせ、それだけを食べる。

焼けるそばから、

「うまい、うまい」

頭ごと骨ごと鮎を食べ、それがなくなると、まだ焼く前の生の鮎をそのまま手づかみで齧った。

腹が減ってたまらぬ時は、庭に出て、生えている草を食べる。

「うまいのう、うまいのう」

にいっと笑うその顔が、いつの間にか人のものでなくなっているようである。

眉があり、眼があり、鼻があり、口がある――それだけを見れば人のようだが、人のように思えない。

三日前には、腹が減ってくると、

「こうなったら、人でもよいから食いたいのう」

このように口にするようになった。

「たれじゃ。食うとするなら、いったいたれを食えばうまいかのう……」

これは、恐い。

昨晩などは、

「もう、辛抱できぬぞ、重之《しげゆき》……」

家の者である重之にそう言った途端、額の左右のところに、もこり、もこりと、鹿のふくろ角のように、肉というか、骨というか、盛りあがってきたものがあったという。

四

「まあ、そういうことがあって、重之殿が、しばらく前、相談にやってきたというわけなのだ」

晴明は、瑠璃の盃を手に持ったまま、博雅にそういうことを語ったのである。

「では、兼家殿のところへゆくのか？」

博雅が問う。

「ああ、この酒がなくなったら、足を運んでみようかと思うている——」

晴明が盃を置いた時、

「お客さまにござります」

庭から声がかかった。

見れば、楓の下に蜜夜《みつよ》が立っており、その後ろに、露子姫、水の入った桶を抱えたけら男、魚籠をぶら下げたいなご麿がいる。

その後ろにいるのが、珍らしく素顔をさらしている黒丸であった。

その黒丸の横に並んでいるのは、晴明も博雅も、これまで会ったことのない、異国の戦装束に身を固めた少年であった。

「おう、露子姫ではないか。その姿は、どこかの川にでも入っていたのかな」

晴明が声をかけると、蜜夜が横へ身をひき、そこへ露子が出てきた。

「紙屋川で、どぜうを捕っていたのよ」

「ほう」

「どぜうを飼うのがおもしろくて。ねえ、知ってる、晴明さま」

「何をかね」

「どぜうって、空気を食べるのよ。息が苦しくなるためだと思うのだけれど、どぜうは、時々水面に口を出して空気を食べ、その空気をうんちのように、またお尻から外に出すのよ」

「それは知らなかったな」

「でしょう」

泥鰌は、水の中に酸素がなくなると、水面で空気を食べて、それを尻から排泄する。その過程で、腸で酸素を吸収しているのである。

晴明は、この世のことについては知らぬものがないくらい、様々の知識を身につけているが、露子が発見してきた虫や生き物の生態については、初めて耳にすることも多い。

そういう知識を、晴明は露子から聞くのが楽しくてたまらぬらしい。

また、露子は露子で、晴明が知らなかったことを晴明に伝えるのがこの上なく嬉しいようである。

「ああ、いけない。どぜうのことは、また今度お話ししましょう。今日は、川で知りあった方を、お連れしたの。なんだか、たいへん困っている御様子だったので。お話をうかがったら、それなら晴明のおじさまに相談するのが一番いいだろうと思って——」

露子が後ろを振り向いてうながすと、少年が前に出てきた。

頬がほんのりと赤い、どこか怒っているような顔つきで、少年は晴明を見た。

「僕《わたし》は……」

と、少年が口を開くと、

「哪吒太子《たいし》さまですね」

晴明が声をかける。

「どうしてわたしの名を?」

「存じあげておりますよ。その背負うたのは、見れば斬妖剣《ざんようけん》。腰に下げたる刀《かたな》は砍妖刀《かんようとう》、両手首に嵌めたのは火輪《かりん》、左手に持ちたるは火尖鎗《かせんそう》、腰に下げた布は混天綾《こんてんりょう》、同じく腰からぶら下げている縄は縛妖索《ばくようさく》とお見受けいたしました。これら六種の武器を帯びて堂々とお立ちになっておられるのは、哪吒太子さま以外にはおられませんよ——」

晴明が言うと、急に、少年――哪吒の顔がほころんだ。

「いや、いやいやいや」

はにかんだ顔は、少年そのものである。

「足の下にあるのは、御自身がお造りになった風火二輪でござりますね。初めて拝見いたしました。綉毬《しゅうきゅう》、降妖杵《こうようしょ》は、今日はお持ちではないのですね。お父上とは、今はうまくやっておられるようですが、托塔李天王《たくとうりてんのう》は、おすこやかにお過ごしなのですか――」

哪吒太子――

唐の国にあっては、神仙のひとりである。

その生まれは、唐よりもさらに古い。

父は、托塔李天王。

生まれた時、左手に「哪」、右手に「吒」の字を握っていたことから哪吒と名づけられた。

三番目の子であったことから、哪吒三太子とも呼ばれているが、生まれて三日目、湯浴みの最中に裸のまま海に飛び込み、水晶宮に乗り込んで、龍王の子である敖丙《ごうへい》の背筋を引きぬいて、これを絲《しごき》にしようとした。

これがたいそうな、大事件となり、父である李天王は後難をおそれて、哪吒を殺そうと謀ったのである。

哪吒はこれを怒り、悲しんで、自らの骨を抉《えぐ》りとって父に返し、父の精と母の血を抜いてふたりに返し、自ら命を断ってしまったのである。

この哪吒を救って生き返らせたのが、釈迦であった。

蓮《はす》の根、蓮《はす》の糸、蓮《はす》の葉を使って、骨、肉、皮膚となして、哪吒を蘇らせたのである。

つまり、このことによって、哪吒は蘇った時の姿のままとなり、百年、千年たとうとも、歳をとらなくなってしまったのである。

父李天王は、死した後、昇天して天軍の総帥ともいうべき天王位を授けられたが、今も李天王は、息子である哪吒をおそれているのである。

晴明の発した言葉は、このあたりの事情をふまえてのものであった。

「我慢していますが、父が僕《わたし》を殺そうとしたことは、忘れておりません——」

「玄奘法師の西天取経のおり、御尽力なされたそうですね。そのおり、かの斉天大聖とも剣を交えたとか——」

「はい」

「その斉天大聖とは、今は、仲よくしておられるとうかがっておりますが……」

「まあ、そこはそうなのですが——」

哪吒が、困ったように顔を伏せる。

「いや、不躾なことばかりお訊ねしてしまいました。どうぞ、お気を悪くなさらぬように──」

博雅は、晴明が口にしていることを、半分も理解していない様子で、ふたりのやりとりに、半分あきれながら耳を傾けている。

「どうぞ、失礼のこと、寛大なる心をもってお許しを。なにしろ哪吒太子御本人が、ここにおいでになるとは思ってもみなかったことでしたので。この晴明でおやくにたてることあらば、何でもさせていただきます。御相談の儀とは、いかなることでございましょう」

「ある妖魔を捜しております」

「妖魔？」

「はい。先ほどは、間違えて、そこの黒丸がそうかと勘違いをして、あやうく争いかけたのですが、露子姫に止められて、僕《わたし》の失態と気がつきました。その妖魔の話をしたところ、それならば土御門大路の安倍《あべの》晴明に相談するのがよいとのことで、ここまで連れてきてもらったのです」

「どういうことでございましょう」

「斉天大聖の頃は、独角兕大王《どっかくじ》と名のっておりましたが、幾つも名を持っている妖魔です。ある時は、胡《こ》の国まで飛んで、さる都の王が、何人もの美姫をはべらせ、美酒、美食にあけくれているのを見て、この王になりかわって、快楽《けらく》に溺れておりました。いずれのおりも、成敗されて、連れもどされたのですが、一度、地上の快楽を味わってしまうと、なかなか自らの力ではもどることができません。で、僕《わたし》は、その妖魔を連れもどすために、太上老君《たいじょうろうくん》に頼まれて、ここまでやってきたのです」

太上老君と言えば、道教の祖である老子のことだ。

「その妖魔、実はその正体は、老君の飼っている青牛《せいぎゅう》で、これまでも度々抜け出しては地上で悪さを働いており、時に、人を頭から丸ごと齧って食べてしまうこともしばしば。今度は、牛飼いの眼を盗んで、東方へ逃げ、どうやらこの日本国のいずれかに潜んだものらしいのです。この都のどこかというところまでは察しがついたのですが、よほどうまく身を隠したのか、なかなか見つかりません」

この青牛、太上老君が出かけるおりの乗り物で、老君と共にいることが長かったことから、いつの間にか、強い魔力を身につけてしまったものである。

「居どころさえわかれば、この僕《わたし》が何とでもいたしますが、その居所がわからぬのです」

「なるほど。それならば、この晴明がお力になれると思いますよ――」

「それはありがたい」

「しかし、なればひとつ、お願いの儀がござります――」

「おう、なんなりと」

「その青牛ですが、どうやらある人物に憑《と》りついているらしいのですが、捕える時に、その人物を傷つけぬようにお願いしたいのです」

「いや、それは——」

「むずかしいのですか?」

「僕《わたし》はあわてんぼうで、時に思い込みが激しく、戦いとなると、相手をただひたすらに打ちすえてしまうことがよくあるのです」

少年の顔をした哪吒が、真面目な顔で言った。

自分のことをよくわかっているらしい。

「それならば、この晴明に、多少の策がございます」

「どのような」

「そのことであれば、道々にお話しもうしあげましょう——」

晴明は、そこでゆるりと立ちあがった。

「もうゆくのか?」

博雅が、晴明を見あげた。

「話を聞いたらば、考えていたより早い方がよさそうだ。兼家殿が、重之殿を食うてしまわぬうちにな」

「そうだな」

「では、哪吒太子さまと共にゆこうか——」

「おれもか」

「もちろんさ。哪吒太子の戦うお姿を見られるのだ。百度生まれても、そうそうお目にかかれるものではない」

「う、うむ」

博雅が立ちあがる。

「では――」

ふうん……

と、哪吒の足の下の車輪が音をたて、その身体が、三尺浮きあがる。

「仕度を、蜜虫」

晴明が言うと、すでに立ちあがっていた蜜虫がうなずいた。

「ゆこう」

「ゆこう」

そういうことになった。

五

晴明と博雅は、並んで兼家と向きあっている。

兼家の屋敷である。

ふたりで訪れてから、すでに一刻に余る時間が過ぎていた。

夕刻と呼ばれる時間は、すでに過ぎている。あたりは薄暗く、燈台に灯りが点されていた。

「会わぬ」

と言っていた兼家が、いやいやながらふたりと対面することにしたのも、

「大事な話がござります。このこと兼家さまにどうぞお伝え下さい――」

「うまい酒と、食べものも用意してまいりました」

晴明と博雅が、このように言い続けたからである。

会ってからしたのは、たいした話ではない。

天気の話やら、忠輔の鮎の話をした。

「用意してきたという、うまい酒と食いものはどうしたのじゃ」

話の腰を折り、手ぶらであるふたりに、兼家はたびたびそのように問うた。

「さきほど、重之殿におあずけいたしましたる故、おっつけ出てくるころではありませぬか――」

言われた晴明は、その都度、このように言って、兼家の言葉をかわしていたのだが、

「重之、重之！」

兼家は、そのたびに、重之の名を呼んだ。

「博雅殿、晴明殿から届けられたという、酒と食いものはまだか!?」

このように、奥に声をかけるのだが、重之も、酒も、食べものも、一向に出てくる気配はない。

たまらず立ちあがろうとする兼家を、

「いや、まずはおひかえを――」

晴明がひたすらなだめるという時間が続いた。

暗くなって、燈台に灯りを点したのも、晴明である。

いつものことであれば、兼家も夕餉をすませている頃であった。

「腹が減った。ひもじうてならぬ」

そう言う兼家は、会った時から常の兼家ではなかった。

身体も倍以上にふくれあがり、身につけているものも、合わせが割れて、肌がむき出しになっており、そこに、青黒い獣毛が生えているのが見えるのである。

顔にも獣毛が生えており、

「うむ、むむむ」

と唸り、舌が唇から長く這い出てきて、鼻や、頬までを、べろりべろりと舐める。その舌が、やけに分厚く、赤い。

舌が舐めてゆく鼻も尖っており、黒くなった鼻の穴は上をむいている。

眼は、黒目の部分が極端に少なくなっており、吐く息はなま臭く、顔をそむけたくなるようであった。

烏帽子のすぐ下——額の左右からは、下から皮膚を盛りあげているものがある。それは、あさ黒い瘤《こぶ》のようであった。そのふたつの瘤のため、烏帽子が持ちあがって、だらしなく傾いている。

これは、尋常のことではない。

何かが兼家に憑いていることは明らかだった。

「晴明よ、博雅よ、これはぬしらがおれをたばかっているのではあるまいな」

「いえ、そのようなことは、けして——」

「本当かっ」

言った途端に、
めりっ、
めりっ、
と音をたてて、額から生えてくるものがあった。

二本の黒い角であった。

破れた皮膚のその場所から、血がだらだらとこぼれて、頰に伝った。

炎の灯りに照らされて、その顔が凄まじい。

晴明がいなければ、博雅は逃げ出しているところである。

「ああ、ひもじや……」

「ああ、ひもじや……」

兼家がつぶやく。

(おい、晴明よ、まだか……)

そう言いたげな博雅の視線が晴明を見る。

「んもももも、もう我慢できぬ」

兼家が、片膝立ちになった。

「こうなったら、人でも食うかよ。なあ、晴明――」

兼家が立ちあがろうとしたその時、

「今ぞ、逃げよ、博雅!」

晴明が叫ぶ。

博雅は、立ちあがって、駆けた。

その後を晴明が走る。

庭へ駆けおりた。

その後を追って、兼家が四つん這いで走る。

烏帽子は、すでに兼家の頭から転げ落ち、額に生えた角は、牛のそれであった。

兼家もまた、庭へ駆けおりて、晴明の背へ、角で突きかけようとした。そこへ、真上から槍が飛んできて、兼家の鼻先の地面に突き立った。

槍の先から、
ごう、
と、火炎が噴き出した。

「おう、これは、火尖鎗⁉」

兼家が言った時、またもや真上から、くるくると一本の縄が伸びてきて、兼家の身体に巻きついた。

「ううぬ」

「ううぬ」

半獣と化した兼家が、呻きながらもがく。しかし、その縄は、いよいよ強く兼家の身体を締めつけてくる。

「これは縛妖索ではないか。なれば――」

と、上を見あげて、兼家は叫んだ。

「おのれ、きさまは哪吒のこわっぱではないか」

兼家は、暴れようとするのだが、縄はさらにきつくなるばかりである。

風火二輪に足を乗せた哪吒が、屋根より高い宙で両足を踏んばって、縛妖索を両手で握っている。

「独角兕大王、もはやこれまでぞ」

哪吒は、そう言って、
ふううううううん……

いよいよ速く、風火二輪を回転させ、兼家を締めあげた。

月の天に、風火二輪の放つ火炎が、めらめらと美しく輝いた。

「まあ、うまくやったのね」

そういう声がしたので、晴明と博雅がそちらを見ると、露子、けら男、いなご麿が立っていた。

三人を守るように、黒丸がその後ろにひかえていた。

「帰らなかったのか――」

晴明が言うと、

「だって、晴明さま、百度生まれても見られぬものを見られるのだぞとおっしゃったじゃない。おとなしく、帰られるものじゃないわ。わたしたちなら、黒丸がいるからだいじょうぶ」

露子が、澄ました顔で言った。

屋敷の外で、中の様子をうかがっていたところ、天に哪吒が浮きあがるのが見えて、

〝もはやこれまでぞ〟

という声が届いたので、中へ入ってきたのだという。

「困った姫だ」

晴明は、あきらめたように、微笑してみせた。

六

庭の松に、兼家は座したかたちで縛りつけられている。

縛っているのは、縛妖索である。

それを、立って見つめているのは、晴明と博雅、そして、重之と哪吒であった。

露子たち三人は、黒丸に守られて、しばらく前に、家へ帰っている。

月は、すでに場所を西へ移していた。

庭に立てた燈台に、灯りがひとつ点されている。

「ひもじや……」

「ひもじや……」

兼家は、前を睨んでつぶやき続けている。

兼家のすぐ膝先に、酒がなみなみと注がれた大きな杯と、焼いた鮎、飯、そして生の肉と、刈りとった庭の草が置かれている。

「ああ、よい匂いじゃ」

兼家が、晴明を見あげ、

「ああ、たまらぬ。その酒をちょっとでよい、飲ませてくれぬか。なあ、晴明殿……」

うらめしそうな顔で言う。

その顔は、すでに、もとの兼家の顔にもどっている。

「その肉、その草でよい、ほんのひとつまみ、それを、わしの口の中に入れてたもれや」

晴明は答えない。

すると兼家は、今度は博雅を見つめ、

「のう、のう、博雅殿よ、その鮎の尾でよい、わしの口に入れてたもれや……」

哀しそうな声で言う。

しかし、博雅もまた、答えない。

「あれは、もう去った。わしは、もとの兼家ぞ。なあ、重之よ、たのむ……」

博雅は、晴明を見やり、

「おい、晴明――」

どうする、というように眼で問うた。

晴明は、静かに首を左右に振った。

すると、

「おのれ」

「おのれ」

兼家が身をよじった。

「こんな縄、ねじきってくれるわ」

急にあばれ出した。

すると、その顔に、ぞろりぞろりとたちまち獣毛が生え、額からめりめりと角が突き出てくる。

「独角兕大王になる前ぞ、その力ではこの縛妖索は切ることはできぬ……」

哪吒が言う。

と——

兼家が縛られていた松が、
みしり、
みしり、
と軋み音をあげて、揺れる。

思わず、重之が半歩退がる。

「だいじょうぶか、晴明――」

博雅が問う。

「以前に、黒川主のおり、やったやり方じゃ。これで、なんとかなろうよ」

晴明が言うと、

「僕《わたし》にまかせていただけるのなら、棒で叩きのめして、この身体から青牛を追い出してやれるのですけどね」

哪吒が言う。

しかし、それをやったら、青牛が抜けた後、傷だらけの兼家の身体が残されるだけだ。ことによったら死んでしまうかもしれない。

「ええい。唐から逃げて、この都までやってきたら、欲深そうな親父がおったで、たやすく憑くことができたによ。半年は、遊んで暮らそうと思うたに、こんなに早くこうなるとはなあ……」

兼家が、顔を左右に振った。

「ああ、ひもじい……」

「ああ、ひもじい……」

兼家が呻く。

そのうちに、兼家の顔が、もとにもどってゆく。
こんなことが、すでに何度も繰り返されていた。
そのうちに、
「ああ、もうたまらぬ!!」
兼家が叫んだ。
顎がはずれそうなほど口を開き、
「かあああっ」
声をあげた。
その口の中から、何かが出現した。
舌ではない。
青黒い獣の頭部だ。
青牛が、兼家の口から、外に出てこようとしているのである。
頭が出た。
次が頸だ。
そして、その次が二本の前足。
出てくるそばから、それはふくらんで、大きな牛の姿になってゆく。
「出たぞ」

哪吒が言った。

青牛が、全部その姿を出しきった時、晴明は、懐から、呪《しゅ》が書かれた霊符を右手に取り出していた。

その動きを、晴明は、一瞬、止めた。

その隙に、青牛は、たまらぬ様子で杯に鼻先を突っ込んで、赤い舌でそれを舐めとった。

その時、晴明の身体が再び動いて、右手に握った霊符を、青牛の額に貼りつけていた。

青牛が、その途端、動かなくなった。

「哪吒太子さま、どうぞ、太上老君の青牛をお受けとり下さい」

七

晴明と博雅は、簀子の上に再び座して、昼の続きの酒を飲んでいる。

酒の残りは、もうわずかだ。

晴明の盃に半分、博雅の盃に半分。

残っていた二尾の鮎も、すでにふたりの腹におさまっている。

ふたりきりだ。

蜜虫も蜜夜もいない。

ふたりだけで、しみじみと酒を飲んでいる。

まだ夜は明けぬが、東の空が白みはじめるのは、もうじきだ。

さすがに、風は涼しい。

昼の熱気が、嘘のようである。

庭の闇の中を、蛍が、ひとつ、ふたつ——

しばらく前に、晴明の屋敷にもどってきたところだ。

あの後、哪吒は軽がると青牛を両肩に担ぎあげ、

「世話になった」

そう言って、身体を宙に浮かせた。

「いずれまた、あの酒を飲ませてもらいにくる」

「いつでも」

晴明が言うと、
きゅうううううん……

と風火二輪が音を高くして、青牛を負った哪吒の姿は天高く舞いあがり、西の天に向かって飛び去っていったのである。

終ってみれば、夢のような夜であった。

「おい、晴明よ……」

博雅が声をかける。

「なんだ、博雅よ」

「おまえ、やはり、優しい漢《おとこ》だな」

「なんのことだ」

「あれは、わざと霊符を貼るのを遅らせて、青牛殿に、酒を飲ませてやったのだろう?」

「さあな」

晴明は、庭の蛍を見つめている。

博雅は、その晴明の顔を見つめている。

ふたりは、なかなか、酒に口をつけなかった。

残りの酒を干してしまったら、この夜の不思議な物語が、本当に終ってしまいそうな気がしているからであろうか。

晴明と博雅は、酒の半分入った盃を手にしたまま、いつまでも無言であった。

晴明は蛍を、博雅は、その晴明の顔を見つめていた。

解説

細谷正充

本書『妖異幻怪 陰陽師・安倍晴明トリビュート』は、陰陽師を題材にした時代小説のアンソロジーだ。ベースになっているのは、「オール讀物」二〇二二年八月号の特集企画〝「陰陽師」の世界〟である。これは、夢枕獏の「陰陽師」シリーズの短篇「殺生石」に加え、六人の作家がシリーズのトリビュート作品を寄稿。さらに、「陰陽師」と縁のある野村萬斎や羽生結弦を使った「晴明グラビア」や、夢枕獏と講談師・神田伯山の対談「好きだから挑戦し続ける」を掲載した、豪華な特集であった。多彩な角度から照らし出された「陰陽師」の世界に、シリーズのファンや時代小説ファンは大喜びしたものだ。

ただし本書は、特集のために書かれた作品を、そのまま一冊にしたわけではない。夢枕獏の作品は「殺生石」ではなく、『陰陽師 龍笛ノ巻』に収録されている「むしめづる姫」と、「オール讀物」二〇二二年九・十月合併号に掲載された「哪吒太子」を採っている。上田早夕里は、「オール讀物」掲載の「突き飛ばし法師」ではなく、「井戸と、一つ火」を収録。どちらも「播磨国妖綺譚」シリーズの一篇だ。「井戸と、一つ火」がシリーズ第一話なので、読者の分かりやすさを優先したセレクトなのだろう。

蝉谷めぐ実の「耳穴の虫」、谷津矢車の「博雅、鳥辺野で葉二を奏でること」、武川佑の「遠輪廻」は、特集から本書へそのままスライド。やはり特集に掲載された、青柳碧人の「アイリよ銃をとれ」と、三津田信三の「ただのろうもの」は、現代を舞台にした作品なので、今回の収録は見送られたようだ。どちらも面白い作品なので、それぞれの作者の本に収録される日を楽しみにしている。

さて、本書の成り立ちはこれくらいにして、各話について触れていこう。冒頭は夢枕獏の「むしめづる姫」だ。もちろん「陰陽師」シリーズの一篇である。橘実之の娘の露子姫は、万物の現象を探究することを楽しみ、我が道を突き進んでいる。なかでも興味の対象になっているのが烏毛虫（毛虫）だ。娘の行いに匙を投げている実之だが、飼い始めた黒丸という毛虫が、信じられないほど巨大になっていることを心配。陰陽師の安倍晴明に助けを求める。続けて露子も来訪。そして晴明は親友の源博雅と共に、橘邸に赴くのだった。

稀代の陰陽師である安倍晴明と、笛の名手の源博雅のコンビが、さまざまな怪異を解決したり見守ったりする「陰陽師」シリーズについては、詳しい説明は不要であろう。

かつて「陰陽師」ブームを巻き起こし、今なお書き継がれている名作だ。本作は『堤中納言物語』に収録されている「虫めづる姫君」を意識しながら、露子という愉快で愛らしいキャラクターを創造し、幽玄美ともいうべき世界に読者を導く。アンソロジーの幕開けに相応しい好篇である。

続く、蝉谷めぐ実の「耳穴の虫」は、老齢の女房の小稲が、若き日に仕えた十四歳の姫君・信子を見舞った怪異を語る。この怪異がグロテスクなのだが、独創的で面白い。さらに語り手の小稲が、生れてすぐに尺取虫のような妖が耳に入り込み、それから音がよく聞こえるようになったという設定が、効果的に使われている。自分がどう思われているか気づいた小稲が、信子の優しさの裏にある驕慢に気づく場面など、実に素晴らしかった。

さらに晴明の博雅に対する感情を、小稲の聞く音を通じて表現する。怪異の在り方に、作者のデビュー作『化け者心中』を想起させるところがあり、興味は尽きない。原典を一捻りした会話などで「陰陽師」ファンを喜ばせながら、蝉谷作品らしさの横溢した逸品なのである。

谷津矢車の「博雅、鳥辺野で葉二を奏でること」は、本書の中で最も「陰陽師」シリーズのテイストに忠実な作品だ。墓荒しの件を調べに鳥辺野に赴いた検非違使の一隊が、少年に斬られて総崩れとなった。唯一の生き残りによると、少年は斬った検非違使たちの左腕を調べ、「やはり、源博雅が左腕でなければいかぬか」といったそうだ。このことを博雅から知らされた晴明は、事態解決のために動き出す。

「陰陽師」シリーズの人気を支えているのは晴明だけではなく、博雅の力も大きい。先に親友と書いたが、そんな当たり前の言葉で括れない男二人の絆が、たまらなく気持ちいいのだ。作者はこの点に注目し、博雅の魅力を引き出すストーリーを創り上げた。懐かしさと苦さの交じり合う博雅の過去のエピソード。彼が葉二で奏でる鎮魂の音。また、晴明が見抜く人の愛情と執着も、「陰陽師」シリーズらしい。逆説的になるが、奇を衒うことなく、ストレートなトリビュートに徹したところに、作者の才人ぶりが窺える。

上田早夕里の「井戸と、一つ火」は、室町時代の播磨国が舞台。薬師の律秀と僧侶の呂秀は法師陰陽師でもある。しかも呂秀は、物の怪など人外のものを見て、声を聞くことができた。そんな兄弟が、呂秀が修行した燈泉寺にある井戸にまつわる怪異を解決する。

解決するといっても、物の怪を退治するわけではない。この話では、呂秀が話し合いによって、某有名な陰陽師（「陰陽師」シリーズにもちょくちょく登場する、あの人である）の式神の、新たな主人になるのだ。互いを認め合う兄弟の絆も心地よい。なお、シリーズを通じて作者が描き出そうとしているのは、人と人、人と物の怪が支え合う世界であるようだ。詳しく知りたい人は、本作を含む連作集『播磨国妖綺譚』を読むといいだろう。

武川佑の「遠輪廻」は、『陰陽師 付喪神ノ巻』に収録されている「ものや思ふと……」の後日譚ともいうべき内容になっている。作者の「陰陽師」シリーズへの強い想いが結実した物語だ。

織田信長が天下に覇を唱えようとしている戦国時代が舞台。京の都に鬼が出たという話を聞いた信長は、古今伝授者の長岡藤孝（後の細川幽斎）に調査を命じる。鬼が和歌の上句だけを口にしたからだ。陰陽師の土御門久脩から、やはり陰陽師の賀茂在昌を紹介してもらった藤孝。ところが在昌は、キリシタンであった。在昌は連歌の会を開き、鬼を呼び出そうとする。

キリシタン陰陽師というとフィクションのようだが、賀茂在昌は実在の人物である。ただし不明な点は多い。作者は面白い人物に目を付けたものである。しかも在昌がキリシタンになった理由に、興味深い解釈がなされているのだ。

さらに、藤孝と連歌の会の扱いが優れている。歌が好きだが、才能のなさを自覚している藤孝。戦乱の世で、古今伝授者になったことも重荷である。そんな藤孝の想いと、鬼の想いが、連歌によって昇華する。明智光秀を参加させることによって、光秀が信長への叛意を示したという、連歌の会を連想させるところも、極めて巧みであった。藤孝と在昌のコンビは、これ一作だけで終わりにするのはもったいない。是非ともシリーズ化してほしいものである。

　そしてラストは再び夢枕作に戻る。「哪吒太子」は、「むしめづる姫」の露子が、再び登場。彼女たちが川で、どじょうを捕まえていたところに、哪吒太子が現れる。ちなみに哪吒太子は、インド神話から仏教を経て、道教の神になった。『西遊記』や『封神演義』に出てくるので、名前を憶えている人も少なからずいることだろう。いきなり哪吒太子が現れても、まったく違和感を覚えないのは、この世界だからこそだ。

　一方、晴明は新たな依頼を受けた。そこに哪吒太子を連れた露子がやってくる。哪吒太子が日本に来た目的と、晴明の受けた依頼が結びつき、ひと騒動が起こるのだった。「むしめづる姫」が怪異を見守る静かな話だったのに対して、こちらはアクション篇ともいうべき内容になっている。あえて露子の出てくる作品を冒頭とラストに置き、「陰陽師」シリーズの幅広い魅力を際立たせたのだ。個々の作品の面白さは当然として、アンソロジーとしての作品セレクトと配列の妙も見逃せない。「陰陽師」シリーズのファン、収録された作家のファン、時代小説ファンのすべてが満足できる一冊なのだ。

（文芸評論家）

文春文庫

本書の無断複写は著作権法上での例外を除き禁じられています。
また、私的使用以外のいかなる電子的複製行為も一切認められておりません。

妖異幻怪《よういげんかい》
陰陽師《おんみょうじ》・安倍晴明《あべのせいめい》トリビュート

定価はカバーに表示してあります

2023年3月10日　第1刷

著　者　夢枕獏《ゆめまくらばく》　蝉谷《せみたに》めぐ実《み》　谷津矢車《やつやぐるま》
上田早夕里《うえださゆり》　武川佑《たけかわゆう》

発行者　大沼貴之

発行所　株式会社　文藝春秋

東京都千代田区紀尾井町 3-23　〒102-8008
TEL　03・3265・1211㈹
文藝春秋ホームページ　http://www.bunshun.co.jp

落丁、乱丁本は、お手数ですが小社製作部宛お送り下さい。送料小社負担でお取替致します。

印刷製本・大日本印刷

Printed in Japan
ISBN978-4-16-792009-8